· 高等学校计算机基础教育教材精选 ·

数据库原理及应用(Access)
题解与实验指导
(第2版)

姚普选 编著

清华大学出版社
北京

内 容 简 介

本书为清华大学出版社出版的《数据库原理及应用(Access)(第 2 版)》的配套参考书,其中包括主教材中习题的参考解答和课程的实验指导。

本书对习题的解答较为详细,对实验内容的安排和实验过程的指导十分具体周到,对学习数据库原理及应用课程的读者有较大的参考价值。

本书适合于作为高等学校相关专业以及各种计算机培训班学习数据库原理及应用课程的参考书。

图书在版编目(CIP)数据

数据库原理及应用(Access)题解与实验指导 / 姚普选编著. —2 版. —北京:清华大学出版社,2009.1

(高等学校计算机基础教育教材精选)

ISBN 978-7-302-18987-9

Ⅰ. 数… Ⅱ. 姚… Ⅲ. 关系数据库—数据库管理系统,Access 2000—高等学校—教学参考资料 Ⅳ. TP311.138

中国版本图书馆 CIP 数据核字(2008)第 186739 号

责任编辑:焦 虹
责任校对:时翠兰
责任印制:何 芊

出版发行:清华大学出版社   地   址:北京清华大学学研大厦 A 座
         http://www.tup.com.cn   邮   编:100084
社   总   机:010-62770175   邮   购:010-62786544
投稿与读者服务:010-62776969,c-service@tup.tsinghua.edu.cn
质 量 反 馈:010-62772015,zhiliang@tup.tsinghua.edu.cn
印 装 者:三河市春园印刷有限公司
经   销:全国新华书店
开   本:185×260   印   张:10.25   字   数:236 千字
版   次:2009 年 1 月第 2 版   印   次:2009 年 1 月第 1 次印刷
印   数:1~3000
定   价:17.00 元

出版说明

在教育部关于高等学校计算机基础教育三层次方案的指导下,我国高等学校的计算机基础教育事业蓬勃发展。经过多年的教学改革与实践,全国很多学校在计算机基础教育这一领域中积累了大量宝贵的经验,取得了许多可喜的成果。

随着科教兴国战略的实施以及社会信息化进程的加快,目前我国的高等教育事业正面临着新的发展机遇,但同时也必须面对新的挑战。这些都对高等学校的计算机基础教育提出了更高的要求。为了适应教学改革的需要,进一步推动我国高等学校计算机基础教育事业的发展,我们在全国各高等学校精心挖掘和遴选了一批经过教学实践检验的优秀的教学成果,编辑出版了这套教材。教材的选题范围涵盖了计算机基础教育的三个层次,包括面向各高校开设的计算机必修课、选修课,以及与各类专业相结合的计算机课程。

为了保证出版质量,同时更好地适应教学需求,本套教材将采取开放的体系和滚动出版的方式(即成熟一本、出版一本,并保持不断更新),坚持宁缺毋滥的原则,力求反映我国高等学校计算机基础教育的最新成果,使本套丛书无论在技术质量上还是出版质量上均成为真正的"精选"。

清华大学出版社一直致力于计算机教育用书的出版工作,在计算机基础教育领域出版了许多优秀的教材。本套教材的出版将进一步丰富和扩大我社在这一领域的选题范围、层次和深度,以适应高校计算机基础教育课程层次化、多样化的趋势,从而更好地满足各学校由于条件、师资和生源水平、专业领域等的差异而产生的不同需求。我们热切期望全国广大教师能够积极参与到本套丛书的编写工作中来,把自己的教学成果与全国的同行们分享;同时也欢迎广大读者对本套教材提出宝贵意见,以便我们改进工作,为读者提供更好的服务。

我们的电子邮件地址是:jiaoh@tup.tsinghua.edu.cn;联系人:焦虹。

清华大学出版社

本书为清华大学出版社出版的《数据库原理及应用(Access)(第 2 版)》的配套参考书,在保持第 1 版基本结构和风格不变的基础上,主要进行了以下修改:

(1) 根据主教材(第 2 版)的内容修改了习题解答。

(2) 以 Access 2003 为依据修改了相关内容。

(3) 根据主教材(第 2 版)的内容修改了实验指导的部分内容,并增加了一个实验。

为了帮助读者学好这门课程,笔者提醒初学者在解答习题和做实验时注意以下问题:

Access 中的操作都是可视化的,其中创建表、创建查询等操作与使用 SQL 语言相比,直观方便,但操作思路、操作步骤、操作顺序等容易混淆。例如,在创建和编辑查询时,常会因数据源的设置有误而得不到正确的结果。又如,使用 Access 对象进行程序设计比 Visual Basic 中先连接数据库再进行操纵要方便得多,但也常会因"对象库"等的设置有误而达不到预期的结果。实际上,有些内容,如 VBA 数据库操纵部分,比起在其他程序设计语言里调用数据库要方便、轻松得多,但对象、模块、事件、调试工具等多种内容混杂在一起,若理解有误就会操作不成功或留下隐患。

工具是为人所用的,工具的好坏自然也与使用者的水平、爱好、所付出的时间和精力等有着必然的联系。Access 虽然不是大型的数据库系统开发工具,但善加利用,同样可以开发出非常引人注目的系统。因为 Access 主要采用可视化操作(如查询设计器、宏的选择性设计、模块及其中包含的过程的自动生成),同时又支持字符方式(如 SQL 语言、VBA 语言),故它既有易于上手的特点,又存在因学生已掌握了常见功能而缺失继续学习的动力,从而影响学习深度和广度的问题。假定将传统的使用 SQL 语言及某种程序设计语言(如 Oracle 与 C 语言)来操纵数据库的方式比做训练要循序渐进、实战要依法而行的西洋拳;那么,Access 的数据库操作就可以比做训练讲求"悟性"、实战讲求"顺势"的太极拳。传统的数据库操作方式必须要学到一定程度之后才能运用,因而,会用者掌握的程度不会太浅;而 Access 入门容易,进一步学习容易流于形式。实际上,太极拳的"悟性"要在掌握了基本动作与训练方法之后才能产生,"顺势"也只有在经历了认真刻苦的训练之后才能运用自如。与读者共勉。

姚普选

目录

第一部分 习题参考解答

第 1 章 数据库技术概论 ……………………………………………………………… 3
第 2 章 关系数据库 ………………………………………………………………… 14
第 3 章 Access 用户界面 …………………………………………………………… 23
第 4 章 数据库的设计与创建 ……………………………………………………… 31
第 5 章 查询 ………………………………………………………………………… 47
第 6 章 窗体 ………………………………………………………………………… 54
第 7 章 VBA 程序设计 ……………………………………………………………… 69
第 8 章 模块与宏 …………………………………………………………………… 80
第 9 章 报表和数据访问页 ………………………………………………………… 87

第二部分 实验指导

实验总体说明 ……………………………………………………………………… 101
实验 1 数据库概念模式的设计 …………………………………………………… 104
实验 2 数据处理软件的使用 ……………………………………………………… 110
实验 3 观察 Access 开发环境 ……………………………………………………… 112
实验 4 数据库的创建 ……………………………………………………………… 114
实验 5 表的创建和使用 …………………………………………………………… 117
实验 6 查询设计 …………………………………………………………………… 122
实验 7 窗体设计 …………………………………………………………………… 126
实验 8 VBA 程序设计 ……………………………………………………………… 129
实验 9 VBA 数据库操纵程序 ……………………………………………………… 133
实验 10 宏的设计与运行 …………………………………………………………… 135
实验 11 创建报表 …………………………………………………………………… 139
实验 12 创建数据访问页 …………………………………………………………… 142
附录 A 常用字段的属性 …………………………………………………………… 144
附录 B 数据类型 …………………………………………………………………… 145
附录 C 常用的统计计算函数 ……………………………………………………… 147
附录 D 常用的窗体与报表的属性 ………………………………………………… 148
附录 E 常用的宏操作命令 ………………………………………………………… 153

第

一

部分

习题参考解答

第 1 章 数据库技术概论

1. 简述计算机数据处理技术的几个发展阶段。

【参考解答】

数据处理技术经历了人工管理阶段、文件系统阶段和数据库系统阶段。

数据处理的初期阶段采用人工管理方式,数据处理包括在程序设计的过程中,程序员在编程时要同时考虑数据的逻辑定义和物理组织,数据和程序混为一体,直接按地址存取。其缺点是:各程序之间的数据不能互相调用,数据重复现象严重。

在文件系统阶段,数据按照一定的规则组织起来,成为脱离数据处理程序而独立存在的有效的数据组合体。文件中的数据以记录的形式存放,记录由某些相关数据项组成。若干个具有相同性质的记录组成文件。每个用户都可以创建、维护和处理几个文件,文件存储在外存储器上,可以按照特定的文件名或文件标识来调用。所有文件都由称为文件管理系统的专用软件来管理和维护。它是应用程序和数据文件之间的接口,也就是说,程序要通过文件管理系统来创建文件和存取其中的数据。文件系统仍有缺陷,主要有两点:一是数据文件仍未完全脱离程序,若干个数据文件总是对应一个或几个程序,因而仍存在比较严重的数据重复存储现象;二是数据文件属于无弹性、无结构的数据集合,文件不易扩充。

数据库系统阶段是以数据的统一管理和共享为主要特征的新的数据处理阶段。在数据库系统中,一批相关数据按照某种数据模式组织在一起,由 DBMS 来实行统一、集中和独立(独立于操纵数据的程序)的管理,并作为一定范围内各种不同用户的共享资源。

与文件系统相比,数据库系统的优点是:数据结构化,冗余度小,多个用户共享数据。另外,数据库系统提供了管理和控制数据的简单明了的操作命令及程序设计语言,方便了用户对数据库的操作。

2. 文件系统与数据库系统有什么区别和联系?

【参考解答】

(1) 文件系统的特点

数据文件长期保存在外存储器上,程序和数据有一定的联系,使用操作系统中文件系统的存取方法对文件进行管理,实现了以文件为单位的数据共享。

(2) 数据库系统的特点

用数据库统一存取和更新数据,程序和数据分离,用 DBMS 统一管理和操纵数据,实现了以记录字段为单位的数据共享。

（3）文件系统与数据库系统的联系

数据库系统是在文件系统的基础上发展起来的，它们都是数据处理，即数据的组织、维护和操纵的技术，都由专门的数据管理软件来管理数据；数据和操纵数据的程序互相独立，按特定的存取方式进行转换。

3. 举例说明什么是数据的结构化？

【参考解答】

在数据库中，实现了数据的结构化。数据的结构用数据模型来描述（无需程序的定义和解释）。数据模型不仅描述数据本身的特征，而且描述数据之间的联系。这样，数据不仅面向特定的应用，而且面向整个应用系统。数据冗余明显减少，实现了数据共享。

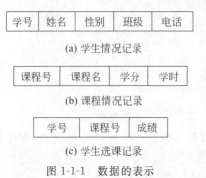

(a) 学生情况记录

(b) 课程情况记录

(c) 学生选课记录

图 1-1-1　数据的表示

例如，在关系数据库中，按以下方式来组织"选课"数据库中的数据。

（1）分别按照如图 1-1-1（a）、（b）和（c）的形式将学生、课程和选课三方面的信息组织成三个二维表。

（2）按照如图 1-1-2 的形式将三个二维表组织成一个关系数据库。

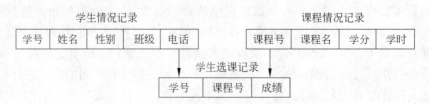

图 1-1-2　数据之间的联系的表示

这种数据组织方式实现了整体数据的结构化，这是数据库系统与文件系统的一个本质区别。不仅如此，数据库系统中存取数据的方式也很灵活，可以存取数据库中的某个数据项、一组数据项、一个记录或一组记录等，而在文件系统中，数据的最小存取单位是记录。

4. 解释下列名词：

数据、数据库、数据库管理系统、数据库系统。

【参考解答】

数据：是数据库存储的基本对象。数据并非一般意义上的数字，而是描述特定事物的符号记录，其种类很多，有数字、文字、图形、图像、声音等多种表现形式。

数据库：是长期存储在计算机中、有组织、可共享的数据集合。数据库中的数据按一定的数据模型来表示、组织并存储在一起。数据库中的数据与操纵数据的程序彼此独立，具有较小的冗余度和较好的易扩展性，并为各种用户所共享。

数据库管理系统：是一种介于用户和操作系统之间的软件。它负责统一管理和控制数据库，执行用户或应用系统交给的定义、构造和操纵数据库的任务，并将执行的结果提供给用户或应用系统，是数据库系统的核心。它的主要功能包括：数据定义、数据操纵、数据库运行控制和数据字典等。

数据库系统：是一种有组织、动态地存储大量关联数据，方便用户访问的计算机软件和硬件资源组成的系统。在数据库系统中，存储于数据库中的数据与应用程序是相互独立的。数据是按照某种数据模型组织在一起，保存在数据库文件中的。数据库系统对数据的完整性、唯一性、安全性提供统一而有效的管理手段。并对用户提供管理和控制数据的各种简单明了的操作命令或者程序设计语言。用户使用这些操作命令或者编写程序来向数据库发出查询、修改、统计等各种命令，以得到满足不同需要的数据。一般来说，数据库系统由数据库、DBMS 与开发工具、应用程序，以及数据库管理员、用户及其他人员构成。

5. 举例说明事物、实体和记录之间的区别和联系。

【参考解答】

（1）事物存在于现实世界之中，每个事物都具有多方面的性质，事物与事物之间存在着各种各样的联系。例如，"职工"和"部门"是客观世界中的两个事物，分别具有各种各样的性质，而且，这两个事物之间存在着"雇用"或者"就职"的联系。

（2）实体是概念世界（信息世界）中人对事物及其联系的一种抽象描述，它是经过选择、命名、分类等抽象过程而产生的概念模型。例如，将"职工"这个事物用"职工号"、"姓名"、"性别"、"工资数"等各种属性表示出来，将"部门"这个事物用"部门号"、"名称"、"负责人"、"电话"等各种属性表示出来，并将这两个事物之间的联系用"就职"这个联系表示出来，就成为概念世界中表示实体及其之间联系的模型。

（3）记录是计算机世界（数据世界）中表示实体的一种形式。例如，可以用如下形式：

职工号	姓名	性别	工资数	电话	……

表示实体"职工"，用如下形式：

部门号	名称	负责人	办公室电话	……

表示实体"部门"，并用如下形式：

部门号	职工号	职务	起始日	……

表示实体"职工"和"部门"之间的联系。

6. 举例说明两个实体之间的联系的类型。

【参考解答】

实体间的联系都可分解为数个实体间的联系，最基本的是两个实体间的联系。将联系抽象化，可以归结为以下 3 种类型：

（1）一对一的联系

如果一个实体集中的每个实体至多和另一个实体集中的一个实体相联系，则为一对一的联系，记作 1:1。例如，单位给一个职工分配一套住房，一套住房也只能分给一个职工。

（2）一对多的联系

如果一个实体集中的每个实体都可以和另一个实体集中的多个实体相联系，而另一个实体集中的每个实体只能和该实体集中的一个相联系,则为一对多的联系,记作 $1:n$。例如,一个电话号码只能属于一个家庭,而一个家庭可以拥有多个电话号码。

(3) 多对多的联系

如果每个实体集中的实体都可以和另一个实体集中的多个实体相联系,则为多对多的联系,记作 $m:n$。例如,一项任务可以由多位员工去完成,一个员工也可以完成多项任务。可以用这种方法来说明多个实体之间的联系。例如,三元联系(3 个实体间的联系)可以归结为 $1:1:1,1:1:n,\cdots,m:n:p$ 等多种。

7. 什么叫概念模型?概念模型有什么用途?如何表示概念模型?

【参考解答】

概念模型也称为信息模型,它以 E-R(Entity-Relationship,实体-联系)理论为基础,并对这一理论进行了扩充。概念模型可按用户的观点来对数据(或信息)建立模型,主要用于数据库的概念级设计,它是现实世界到机器世界的一个中间层次。表示概念模型最常用的是 E-R(实体-关系)图。

8. 假定一台机器可以由若干个工人操作,加工若干种零件;某个工人加工某种零件是在一台机器上完成的这道工序,而一个零件需要多道工序才能完成。用 E-R 图表示机器、零件和工人这 3 个实体之间的多对多联系。

【参考解答】

由分析得知,有 3 个实体集:工人、机器和零件,它们之间是多对多关系。符合要求的 E-R 图如图 1-1-3 所示。

9. 假定允许每个仓库存放多个零件,每种零件也可在多个仓库中存放,而每个仓库中保存的零件都有库存数量。

仓库的属性有:仓库号、面积、电话号码。

零件的属性有:零件号、名称、规格、单价。

根据上述说明画出 E-R 图。

【参考解答】

由分析得知,有两个实体集:仓库和零件,它们之间是多对多关系。符合要求的 E-R 图如图 1-1-4 所示。

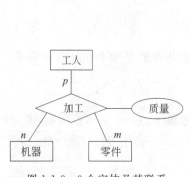

图 1-1-3　3 个实体及其联系

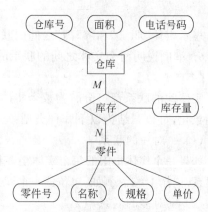

图 1-1-4　仓库和零件的 E-R 图

10. 假定每个读者最多可借阅 5 本书,同一本书允许多人相继借阅,一个读者每借一本书都要登记借书日期。

借书人的属性有:借书证号、姓名、单位,每人最多可借 5 本书。

图书的属性有:馆内编号、书号、书名、作者、位置,同一本书可相继为几个人借阅。

根据上述说明画出 E-R 图。

【参考解答】

由分析得知,有两个实体集:图书和借书人,它们之间是多对多关系。符合要求的 E-R 图如图 1-1-5 所示。

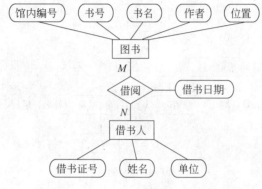

图 1-1-5　图书和借书人的 E-R 图

11. 层次模型、网状模型和关系模型是按照什么原则来划分的?

【参考解答】

数据模型客观地表现出了现实世界中的各种实体之间的相互联系,数据模型使用记录来描述实体信息的基本结构,并要求实体和记录一一对应。同一个记录类型描述同一类实体且必须是同质的。可按照描述实体及实体之间的联系方式将数据模型划分为不同的类型。数据库技术中实际使用过的数据模型有关系模型、层次模型和网状模型:

- 用二维表格来表示实体及实体之间的联系的数据模型称为关系模型。
- 用树结构来表示实体及实体之间的联系的数据模型称为层次模型。
- 用图结构来表示实体及实体之间的联系的数据模型称为网状模型。

12. 分别列举出层次模型、网状模型和关系模型的例子。

【参考解答】

假设一个经贸公司在全国各地设有多个办事处,每个办事处都有两类员工:办事员和客户代理人,用于表示该公司机构和员工情况的层次数据模型如图 1-1-6(a)所示。

如果每位办事员都可自选一个医生来负责自己的卫生保健工作,多个办事员可以选择同一个医生,医生的姓名等数据都存放于"保健医生"文件中。由于两条边同时指向了"办事员"结点,故成为网状数据模型,如图 1-1-6(b)所示。

层次数据模型和网状数据模型都用结点来代表文件,用边来表示一对多的联系。而关系数据模型只允许一种类型的对象,即文件(称为关系或表)。关系数据模型没有边,文件属性隐含地表示了一对多的联系。

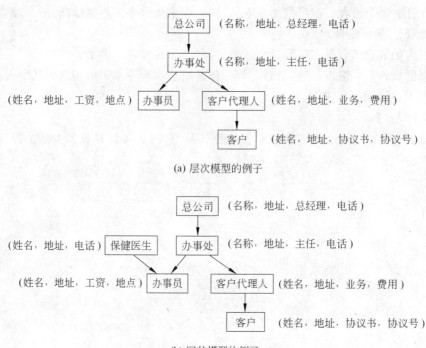

(a) 层次模型的例子

(b) 网状模型的例子

图 1-1-6　层次模型和网状模型

　　设有两个文件："雇员"和"工作简历"。由于一个雇员在来公司之前可能曾在多个公司任职，也可能还没有工作过，故第二个文件可能有多个记录与第一个文件中一个记录相关联。也就是说，"办事员"和"工作简历"有一对多的联系。其关系数据模型为：

　　办事员（员工号，姓名，地址，工资，地点）

　　工作简历（员工号，公司，受雇日期，工作名称）

13. 数据库系统主要由哪几部分组成？各有什么作用？

【参考解答】

　　数据库系统主要由应用程序、DBMS（数据库管理系统）、数据库和DBA（数据库管理员）组成。

　　其中数据库是数据的汇集，它们以一定的组织形式存储在某种存储介质（如磁盘等）上；DBMS是管理数据库的软件，它实现数据库系统的各种功能；应用程序是指以数据库为基础的各种应用程序，应用程序必须通过DBMS来访问数据库；DBA负责数据库的规划、设计、协调、维护和管理工作。

14. 什么是数据库系统的三级模式结构？

【参考解答】

　　数据库系统的三级结构是从DBMS角度来看的数据库系统的体系结构。三级结构说认为：数据库系统是由外模式、概念模式和内模式这三级模式构成的。三级模式是对数据的三个抽象级别，其意义分别为：

　　（1）概念模式是数据库中全体数据的逻辑结构和特征的描述，是所有用户的公共数据视图,它是数据库系统模式结构的中间层,不涉及数据的物理存储细节和硬件环境,且与具体的应用程序无关。

(2) 外模式通常是概念模式的子集,是数据库用户所看到和使用的局部数据的逻辑视图和特征的描述,是与某一应用有关的数据的逻辑表示。一个数据库可以有多个外模式。

(3) 内模式是数据物理结构和存储结构的描述,是数据在数据库内部的表示方式。一个数据库只有一个内模式。

15. 什么是数据与程序的物理独立性和逻辑独立性? 在三级模式结构中如何保证数据与程序的逻辑独立性和物理独立性?

【参考解答】

数据与程序的物理独立性和逻辑独立性是数据独立性的两个方面,数据独立性是指应用程序与数据库中存储的数据不存在相互依存的关系。

物理独立性是指当数据的内视图,即存储结构与存取方法有所改变时,对数据库的概念视图(全局逻辑结构)和应用程序不必进行修改。也就是说,数据库中数据的存储结构与存取方法相互独立。

逻辑独立性是指数据库的外部视图(局部逻辑结构,即用户所看到和理解的视图)和概念视图相互独立。当数据库的概念视图发生变化,即在对数据定义、数据之间的联系、数据类型等进行某些修改时,不影响某些局部的逻辑结构的性质,应用程序不必修改。

强调物理独立性的意义在于:当物理存储设备或者物理表示及存取方法有所改变时,应该尽力保证数据的逻辑模式不会改变。强调逻辑独立性的意义在于:当数据的逻辑模式有所改变时,应该尽力保证用户使用的外模式不会改变,否则,就会导致应用程序的修改而给程序的维护带来困难。

16. 简述客户机/服务器数据库系统的特点。

【参考解答】

客户机/服务器(Client/Server,C/S)结构的数据库系统将一个数据库系统分为三个基本组成部分:

- 服务器:专门从事提供某项服务功能的计算机系统。
- 客户机:面向最终用户,完成各自业务处理。
- 中间件:连接服务器和客户机的部分。

C/S结构的数据库系统将DBMS功能和应用分开。网络中某个(或某些)结点上的计算机专门用于执行DBMS功能,称为数据库服务器,简称为服务器;其他结点上的计算机安装DBMS的外围应用开发工具、用户的应用系统,称为客户机。

C/S结构的数据库系统的种类包括:

- 集中的服务器结构:一台数据库服务器、多台客户机。
- 分布的服务器结构:在网络中有多台数据库服务器,分布的服务器结构是客户机/服务器与分布式数据库的结合。

C/S结构数据库系统的优点是:

- 客户端的用户请求被传送到数据库服务器,数据库服务器进行处理后,只将结果返回给用户,从而显著减少了数据传输量。

- 数据库更加开放,客户机与服务器一般都能在多种不同的硬件和软件平台上运行,可以使用不同厂商的数据库应用开发工具。

C/S结构数据库系统的缺点有:

- "胖客户"问题:系统安装复杂,工作量大。
- 应用维护困难,难于保密,造成安全性差。
- 相同的应用程序要重复安装在每一台客户机上,从系统总体来看,大大浪费了系统资源。系统规模达到数百数千台客户机,它们的硬件配置、操作系统又常常不同,要为每一个客户机安装应用程序和相应的工具模块,其安装维护代价便不可接受了。

17. 与传统数据模型比较,面向对象数据模型有什么优点?

【参考解答】

传统数据模型至少有以下缺陷:

- 数据对象简单,只能检索一组数值或短符号域,由属性组成的记录和由同质记录组成的集合,没有复杂的嵌套数据和复杂数据。
- 对象之间的关系简单,不能实现实体间聚合、继承等复杂联系的表示。
- 一致约束不完全,只能预定时机检查。
- 事务寿命短,并发控制机制简单。

面向对象的数据模型允许现实世界的对象以更接近于用户思维的方式来描述,而且具有描述和处理聚集层次、概括层次的能力,能支持抽象数据类型和方法,可扩充、可共享性好,适宜于表示和处理多媒体信息,也适宜于多媒体数据库中各种媒体数据的存取和操作。

面向对象数据模型是在数据库技术中引入面向对象思想而形成的,其内容包括:

- 数据模型方面:引入对象、复合对象、对象标识、类封装、子类、多态、继承类层次结构等概念。
- 数据库管理方面:扩展持久对象、长寿事务处理、版本管理、模式演化能力。
- 数据库界面上:支持消息传递,提供计算机能力完备的数据库语言,并解决数据库语言与宿主语言的失配问题,具有类似于SQL的非过程化查询功能。

与传统的数据模型相比,面向对象数据模型具有下述特点:

- 不仅能存储数据,而且能存储定义在数据上的操作。
- 可以处理对象之间复杂的引用和约束关系,并能通过复合对象来定义嵌套结构的数据类型。
- 提供了很强的模型扩展能力,在数据模型改变时,应用程序仍能正常工作。
- 将对象作为一个整体来存储和检索,可以节省开销。

面向对象方法至少有以下优点:

- 能够完整地描述现实世界的数据结构,从而方便自然地模拟客观世界。
- 支持"聚合"与"概括"等相关概念,可以更好地处理多媒体数据等复杂对象的结构语义。

- 其数据抽象、功能抽象与消息传递的特点使得对象在系统中是独立的,具有良好的封闭性,封闭了多媒体数据之间的类型及其他方面的巨大差异,并且容易实现并行处理,也便于系统模式的扩充和修改。
- 其中的实体是独立于其值而存在的,避免了关系数据库中讨论的各种异常。
- 其查询语言的工作通常是按照系统内部固有的联系而进行的,避免了大量的查询优化工作。
- 由于方法的访问和实现部分相分离,故当对象内部的数据及方法的实现方式有所变化时,外界使用对象的方式不受影响,从而提高了数据的独立性。
- 外界不能直接访问并修改对象内部的数据,有利于保障数据的完整性和安全性。
- 具有面向对象技术的封装性和继承性的特点,提高了软件的可重用性。

18. 解释下列名词:

DDL、DML、数据字典。

【参考解答】

(1) DDL(Data Definition Language,数据定义语言)

DDL 对应数据库的三级模式:外模式、概念模式和内模式,分别有三种不同的形式,即外模式 DDL、概念模式 DDL 和内模式 DDL,它们是专门提供给 DBA 使用的。

外模式 DDL 是专门定义外部视图的,外部视图是用户观点的数据库描述,它是数据库的局部逻辑结构。

概念模式(模式)DDL 是用于描述概念视图的专用语言。概念视图是数据库的全局逻辑结构,它包括数据库中所有数据元素的名称、特征以及相互关系的描述,并包括数据的安全保密性和完整性以及存储安排、存取路径等信息。

内模式 DDL 是用来定义内部视图的数据描述语言,内部视图是从物理层中分离出来的,但并非物理视图。它不受具体的存储设备和设备规格的限制。

(2) DML(Data Manipulation Language,数据库操纵语言)

DML 是用户与 DBMS 的接口,是用户用于存储、控制查询和更新数据库的工具。DML 由一组命令语句组成,包括存储语句、控制语句、检索语句和更新语句。DML 一般有两种类型,一种嵌入高级语言中使用,称为宿主型语言;另一种是查询语言,可以独立使用进行简单的检索、更新等操作,称为自主型语言。

(3) 数据字典

数据字典是数据库系统中各种描述信息和控制信息的集合,是数据库设计与管理的有力工具。数据字典的基本内容有:

- 数据项:描述实体的一个属性,每个数据项都有自己的专有名称。
- 组项:若干个数据项的组合。它们是相互关联的数据项。组项的名称也必须是唯一的。
- 记录:若干个数据项和组项的集合。它是对一个实体的完整性的描述。
- 文件:记录值的集合。
- 外模式:用户视图(外视图)的定义。它是用外模式 DLL 写成的一组专用语句。
- 概念模式:描述数据库所含实体、实体之间的联系和信息流等。

- 内模式：数据库存储结构的描述、实体之间的联系和存取方法、物理映象等。
- 外模式/概念模式映象：描述外模式与概念模式之间信息的对应关系。
- 概念模式/内模式映象：描述概念模式与内模式之间信息的对应关系。
- 用户管理信息：如用户应用程序、用户口令和工作区分配等。
- 数据库控制信息：主要有安全性要求、完整性约束、多个用户使用数据库时的并行管理（并发控制）、数据库副本管理、工作日志文件的维护等。

数据字典的任务是管理有关数据的信息，故又称为"数据库的数据库"。其任务主要有：

- 描述数据库系统的所有对象，并确定其属性。如一个模式中包含的记录型与一个记录型包含的数据项；用户的标识、口令；物理文件名称、物理位置及其文件组织方式等。数据字典在描述时赋予每个对象唯一的标识。
- 描述数据库系统对象之间的各种交叉联系。例如，哪个用户使用哪个子模式？哪些模式或者记录型分配到了哪些区域？它们对应于哪些物理文件？存储在什么样的物理设备上？
- 登记所有对象的完整性及安全性限制等。
- 对数据字典本身的维护、保护、查询与输出。

数据字典的主要作用是：

- 供数据库管理系统快速查找有关对象的信息。数据库管理系统在处理用户存取时，要经常查阅数据字典中的用户表、子模式表和模式表等。
- 供数据库管理员查询，以掌握整个系统的运行情况。
- 支持数据库设计与系统分析。

19. 不同种类的用户使用数据库的方式有什么不同？

【参考解答】

开发、管理和使用数据库系统的人员主要有：数据库管理员、系统分析员、数据库设计人员、应用程序员和最终用户。

（1）DBA（Database Administrator，数据库管理员）

全面负责建立、维护和管理数据库系统。其职责包括：定义并存储数据库的内容，监督和控制数据库的使用，负责数据库的日常维护，必要时重新组织和改进数据库等。

（2）系统分析员和数据库设计人员

系统分析员负责应用系统的需求分析和规范说明，要与用户及 DBA 配合，确定系统的软件和硬件配置，并参与数据库的概要设计。

数据库设计人员负责确定数据库中的数据，并在用户需求调查和系统分析的基础上，设计出适用于各种不同种类的用户需求的数据库。在很多情况下，数据库设计人员是由 DBA 担任的。

（3）应用程序员

他们具备一定的计算机专业知识，可以编写应用程序来存取并处理数据库中的数据。例如，库存盘点处理、工资处理等通常都是这类用户完成的。

（4）最终用户

最终用户指的是为了查询、更新以及产生报表而访问数据库的人们，数据库主要是为他们的使用而存在的。最终用户可分为以下三类：

- 偶然用户：这类用户主要包括一些中层或高层管理者或其他偶尔浏览数据库的人员。他们通过终端设备，使用简便的查询方法（命令或菜单项、工具按钮）来访问数据库。他们对数据库的操作以数据检索为主，例如，询问库存物资的金额、某个人的月薪等。
- 简单用户：这类用户较多，银行职员、旅馆总台服务员、航空公司订票人员等都属于这类用户。他们的主要工作是经常性地查询和修改数据库，一般都是通过应用程序员设计的应用系统（程序）来使用数据库的。
- 复杂用户：包括工程师、科技工作者、经济分析专家等资深的最终用户。他们全面了解自己工作范围内的相关知识，熟悉 DBMS 的各种功能，能够直接使用数据库语言，甚至有能力编写自己的程序来访问数据库，完成复杂的应用任务。

典型的 DBMS 会提供多种存取数据库的工具。简单用户很容易掌握它们的使用方法；偶然用户只须会用一些经常用到的工具即可；资深用户则应尽量理解大部分 DBMS 工具的使用方法，以满足自己的复杂需求。

20. 举例说明桌面型 DBMS 和客户机/服务器型 DBMS 各有什么特点。

【参考解答】

例如，Microsoft Access 是桌面型 DBMS，在 Access 创建的数据库系统中，将 DBMS、数据库和数据库应用系统安排在同一台计算机中，数据库中的数据只提供给本机的应用程序独自使用。

又如，Microsoft SQL Server 是客户机/服务器型 DBMS，在 SQL Server 创建的数据库系统中，所有的数据和 DBMS 都放在服务器上，客户机通过 SQL 语句等方式来访问服务器上存放的数据库中的数据。由于这种体系结构把数据和对数据的管理都统一放在了服务器上，因此保证了数据的安全性和完整性，同时也可以充分利用服务器高性能的特点。

客户机/服务体系结构的关键在于功能的分布。一些功能放在客户机（前端机）上运行，另一些功能则放在服务器（后端机）上执行。此时数据库应用程序可按其功能分成两部分。

- 前端部分：由一些应用程序构成，例如，格式处理、报表输出、数据输入、图形，可实现前端处理和用户界面。
- 后端部分：包括存取结构、查询优化、并发控制、恢复等系统程序，可完成事务处理和数据访问控制。

第 2 章 关系数据库

1. 关系模型有哪些特点？

【参考解答】

（1）关系数据模型是以数学理论为基础构造的数据模型。它将每个实体看作一张二维表，即关系表。表的行称为元组，表的列称为属性。根据属性的多少可以将元组称为一元组、二元组等。因此关系是元组的一个集合。

（2）关系模型的概念单一，无论实体还是实体之间的联系都用关系来表示。对数据的检索结果也是关系。所以其数据结构简单清晰，用户易于理解和使用。

（3）关系模型的存取路径对用户透明，从而具有更高的数据独立性、更好的安全保密性，也简化了程序员的工作和数据库创建的工作。

（4）关系数据模型的主要缺点是：由于关系间的联系都隐含在它们的公共属性（特别是外码）中，因此不能显式地表示事物间的联系（尤其是 m∶n 联系）；由于存取路径对用户透明，因此查询效率往往不如非关系数据模型高。为了提高性能，必须对用户的查询请求进行优化，增加了开发数据库管理系统的负担。

2. 给出一个包含度大于 3，基数大于 5 的关系，并指出关键字。

【参考解答】

给出"职工"关系如下：

编号	姓名	所属部门	职务	性别	工资号	工资	津贴	扣除
1	张京	销售部	经理	男	B001	3500	2000	200
2	王莹	销售部	副经理	女	B007	2000	1500	180
3	李玉	办公室	主任	女	A005	2500	1000	150
4	刘栋	生产一厂	厂长	男	C001	3000	1500	200
5	陈铁	生产二厂	厂长	男	D001	3000	1500	200
6	周林	后勤部	主任	男	E001	3000	1300	150
7	林妮	工会	主席	女	F001	3000	1300	100

职工关系的主关键字为"编号＋工资号"。

3. 为什么关系中没有重复的元组？为什么不宜将一个关系的所有属性作为主键？

【参考解答】

因为关系定义为元组的集合，而集合中的所有元素都是不相同的，所以，关系中没有重复的元组。

键是标识元组且从关系中检索元组的主要机制，如果已经知道了元组中所有属性的值再去检索元组就没有多大必要了。

4. 说明关系模式、关系数据库、数据库模式、关系模型的联系。

【参考解答】

关系数据库是以关系模式为基础的数据库。它利用关系来描述现实世界，即用关系描述实体以及实体与实体之间的联系。

关系模式是用来定义关系的。一个具体的关系数据库是由一组相关的关系组成。定义这一组关系的关系模式就组成了数据库模式，而所有数据库模式的抽象表示就是关系模型。关系模型有一个内涵与外延的问题。

5. 如果 R 中有 20 个元组，S 中有 30 个元组，那么 R×S 有多少个元组？

【参考解答】

有 20×30 个元组。

6. 已知 R、S 两关系如下所示，求 R∪S，R−S，R∩S。

R	A	B	C
	a	3	d
	b	4	t
	r	3	e

S	A	B	C
	b	1	f
	r	3	e
	d	3	t

【参考解答】

R∪S，R−S，R∩S 的运算结果如下：

R∪S	A	B	C
	a	3	d
	b	4	t
	r	3	e
	b	1	f
	d	3	t

R−S	A	B	C
	a	3	d
	b	4	t

R∩S	A	B	C
	r	3	e

7. 已知 R、S 两关系如下两表所示，求 $R \underset{B>E+F}{\bowtie} S$。

R	A	B	C
	a	4	6
	b	6	3
	r	3	2

S	D	E	F	G
	d	1	2	b
	a	2	3	c
	b	1	4	c

运算结果如下：

A	B	C	D	E	F	G
a	4	6	d	1	2	b
b	6	3	d	1	2	b
b	6	3	a	2	3	c
b	6	3	b	1	4	c

8. 已知 R、S 两关系如下所示，求 R ⋈ S。

R	A	B	C
	a_1	b_1	c_2
	a_2	b_3	c_1
	a_3	b_1	c_3
	a_4	b_2	c_5
	a_5	b_3	c_1

S	D	E	B	C
	d_1	e_1	b_1	c_1
	d_2	e_2	b_3	c_1
	d_3	e_3	b_1	c_3
	d_4	e_4	b_1	c_2
	d_5	e_5	b_3	c_1

【参考解答】

运算结果如下：

A	R.B	R.C	D	E
a_1	b_1	c_2	d_4	e_4
a_2	b_3	c_1	d_2	e_2
a_2	b_3	c_1	d_5	e_5
a_5	b_3	c_1	d_2	e_2
a_5	b_3	c_1	d_5	e_5

9. 根据上一题的运算结果，求 $\Pi_{B,D}$（R ⋈ S）。

【参考解答】

运算结果如下：

B	D
b_1	d_4
b_3	d_2
b_3	d_5
b_3	d_2
b_3	d_5

10. 广义笛卡儿积与连接的主要区别是什么？

【参考解答】

连接时，只有满足连接条件的元组集合才出现在结果关系中，而广义笛卡儿积中所有元组都包含在结果中。如果没有连接条件，那么所有的元组都满足要求，这时连接就成为一个广义笛卡儿积，又称为叉积或交叉连接。

11. 按下面给出的关系 R 和关系 S,求 R÷S 的商关系。

R	A	B	C	D
	a	1	d	4
	a	1	e	5
	a	1	f	6
	b	2	d	4
	b	2	e	5
	c	3	d	4

S	C	D
	d	4
	e	5

【参考解答】

R÷S	A	B
	a	1
	b	2

12. 连接运算较费时间,在查询操作涉及两个(或两个以上)关系时,应如何提高查询效率?

【参考解答】

如果查询操作涉及两个(或两个以上)关系,则应设法提高查询效率。在可能的情况下,应先进行选择运算,减少关系中元组个数,能投影的先投影,减少属性个数,然后再进行连接。

13. 说明使用 SQL 语言实现各种关系运算(并、选择、投影、连接)的方法。

【参考解答】

这几种关系运算对应的 SQL 语句是:

```
R∪S   SELECT 语句(生成 R)
      UNION
      SELECT 语句(生成 S)
选择   SELECT *
      FROM <表名>
      WHERE <选择的条件>
投影   SELECT <字段名列表>
      FROM <表名>
连接   SELECT <字段名列表>
      FROM <表名列表>
      WHERE <连接的条件>
```

14. 设数据库中有两个基本表:

ZG(ZGBH、XM、XB、NL、ZW、BM、JBGZ)

GZ(GZBH、JJ、FZ、SFGZ)

按要求写出 SQL 语句:

(1) 创建 ZG 表和 GZ 表。

（2）创建"销售部"（BM 字段）职工的视图，并要求进行修改、插入操作时保证该视图只有"销售部"的职工。

（3）在职工表中增加两个新职工的记录：

（8087、杜伟、男）

（8088、史丽、女）

（4）查询年龄在 30 岁以下的所有职工的姓名和工资数。

（5）查询实发工资在（SFGZ 字段）1500 元以上的职工姓名（XM 字段）及职务（ZW 字段）。

（6）计算每一部门女职工的平均基本工资。

【参考解答】

假设：GZBH（工资编号）与 ZGBH（职工编号）相同，且 ZG 表中有一个 NL（年龄）字段。

（1）创建 ZG 表：

```
CREATE TABLE ZG(
        ZGBH CHAR(6) NOT NULL UNIQUE PRIMARY KEY,
        XM CHAR(8),
        XB CHAR(2),
        NL INTEGER,
        ZW CHAR(16),
        BM CHAR(16),
        JBGZ INTEGER);
```

创建 GZ 表：

```
CREATE TABLE GZ(
        GZBH CHAR(6) NOT NULL UNIQUE PRIMARY KEY,
        JJ INTEGER,
        FJ INTEGER,
        SFGZ INTEGER);
```

（2）创建"销售部"职工的视图：

```
CREATE VIEW XSB_ZG
        AS
        SELECT ZGBH, XM, XB, ZW, NL, BM, JBGZ
        FROM ZG
        WHERE BM='销售部'
        WITH CHECK OPTION;
```

（3）插入指定记录：

插入记录：（8087、杜伟、男）

```
INSERT
INTO ZG
VALUES(8087、杜伟、男);
```

插入记录：(8088、史丽、女)

```
INSERT
INTO ZG
VALUES(8088、史丽、女);
```

（4）查询年龄在 30 岁以下的所有职工的姓名和工资数：

```
SELECT ZG.XM, ZG.JBGZ
FROM ZG
WHERE NL>30;
```

（5）查询实发工资 1500 元以上的职工姓名及职务：

```
SELECT ZG.XM, ZG.ZW
FROM GZ, ZG
WHERE GZ.SFGZ>1500;
```

（6）计算每一部门女职工的平均基本工资。

```
SELECT BM, Avg(JBGZ)
FROM ZG
WHERE XB='女'
GROUP BY BM;
```

15. 为什么要定义视图？视图的设计应该注意什么问题？

【参考解答】

定义视图至少有以下几个原因或目的：第一，视图中可以只包含用户需要或熟悉的数据，便于用户使用。第二，当用户有了新的需求时，定义相应的视图（增加外模式）即可，不必修改现有的应用程序，这既扩展了应用范围，又提供了一定的逻辑独立性。第三，因为用户看到的只是按自身需求定义的而不是全部数据，因此为系统提供了一定的安全保护。

视图的设计主要是为了方便进行数据的录入、编辑和屏幕显示，因此，视图包含的字段（关系结构）应看起来自然、易于使用，并能反映用户的需求。一个设计较好的视图还应该有一目了然的语义，因为视图就是用户模式，外模式。

16. 什么叫关系规范化？关系规范化有什么意义？

【参考解答】

关系规范化是指按照统一标准，用形式更为简洁、结构更加规范、构造更有规律的关系来逐步取代原有关系的优化处理过程。按照关系的规范化程度，可将其从低到高分为 1NF、2NF、3NF、BCNF、4NF 和 5NF。在数据库的关系模型设计中，绝大多数工作只进行到 3NF 和 BCNF 的关系模式为止。

一般地，可以用二维表形式来描述的问题，就可以用若干个关系来描述。但是，同一问题的二维表描述形式往往不是唯一的，不同的二维表描述形式所对应的数据库应用系统的效率可能相去甚远；而原始形态的二维表往往是非规范化的，直接采用它们构造而成的数据库难免会效率低下且维护困难。因此，有必要按照"一事一地"的模式设计原则，通过逐步分解关系模式而消除非规范的原始形态的二维表中不合适的数据依赖，尽量使得一个关系描述一个概念、一种实体或者实体之间的一种联系。从而达到控制数据冗余,避免插入、删除和更新异常,增强数据库结构的稳定性和灵活性的目的。

17. 假定有一个客户订货系统,允许一个客户一次(一张订单)预订多种商品,那么关系模式:

订单 (订单号、日期、客户编号、客户名、商品编码、数量)

属于第几范式?为什么?

【参考解答】

(1) 该关系模式属于 1NF。

(2) 该关系模式的主键是(订单号,商品编码),但"客户编号"属性只依赖于"订单号"属性,即部分依赖于主键,因此,模式不是 2NF,只能是 1NF。

18. 下列关系模式分别属于第几范式?为什么?

(1) 关系:R(X,Y,Z),函数依赖:XY→Z。

(2) 关系:R(X,Y,Z),函数依赖:Y→Z;XZ→Y。

(3) 关系:R(X,Y,Z),函数依赖:Y→Z;Y→X;X→YZ。

(4) 关系:R(X,Y,Z),函数依赖:X→Y;X→Z。

(5) 关系:R(W,X,Y,Z),函数依赖:X→Z;WX→Y。

【参考解答】

(1) R 是 BCNF。R 的候选键为 XY,只有一个函数依赖,而该函数依赖的左部包含了 R 的候选键 XY。

(2) R 是 3NF。R 的候选键为 XY 和 XZ,R 中所有属性都是主属性,不存在非主属性对候选键的传递依赖。

(3) R 是 BCNF。R 的候选键为 X 和 Y。由 X→YZ 可知,X→Y,X→Z;由 Y→Z、Y→X 可知,Z 是直接函数依赖而非传递依赖于 X。另外,每个函数依赖的左部都包含候选键。

(4) R 是 BCNF。R 的候选键为 X,而且 F 中每个函数依赖的左部都包含了候选键 X。

(5) R 是 1NF。R 的候选键为 WX,则 Y,Z 为非主属性,又因为 X→Z,因此存在非主属性对候选键的部分函数依赖。

19. 已知学生关系 S(学号、姓名、班级、班主任、课程号、成绩),问:

(1) 该关系的候选键是什么?

(2) 主键是什么?

(3) 范式等级是什么?

(4) 怎样把该关系规范化为 3NF?

【参考解答】

(1) 关系 S 的候选键是"学号+课程号"。

(2) 关系 S 的主键是"学号+课程号"。

(3) 关系模式 S∈1NF(有多个部分依赖于主键的属性)。

(4) 关系模式 S 的函数依赖如下:

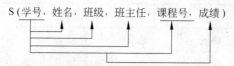

S（学号，姓名，班级，班主任，课程号，成绩）

第一步 投影分解，消除部分函数依赖，转换为 2NF。

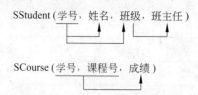

SStudent（学号，姓名，班级，班主任）

SCourse（学号，课程号，成绩）

第二步 投影分解，消除传递函数依赖，转换为 3NF。

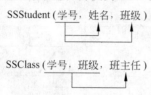

SSStudent（学号，姓名，班级）

SSClass（学号，班级，班主任）

关系规范化的结果，由关系模式 S 转换得到以下三个属于 3NF（实际上也是 BCNF）的关系模式：

SSStudent（学号，姓名，班级）
SSClass（学号，班级，班主任）
SCourse（学号，课程号，成绩）

20. 已知订货单汇总表如下表所示，将其规范化为 3NF。

订货单汇总表 1

订　户				产　品			
订单号	姓名	地址	车次	产品号	产品名	单价/元	数量
S1001	张晓月	西安	无	N201	风扇	315.00	50
S1002	王思凡	汉中	406	N202	电表	60.00	20
S1003	李丽	成都	137	N203	空调器	3800.00	10
S1004	刘平	洛阳	K55	N201	风扇	315.00	30
S1005	陈言方	太原	48	N203	空调器	3800.00	15
S1006	张军	银川	206	N206	电冰箱	1390.00	26
S1007	王静	潍坊	K88	N202	电表	60.00	30

【参考解答】

第一步 消除组合项，转换为 1NF。

各属性之间的函数依赖关系如图 1-2-1 所示。

第二步 消除部分函数依赖，转换为 2NF。

订单号	姓名	地址	车次	产品号	产品名	单价	数量
S1001	张晓月	西安	无	N201	风扇	315.00	50
S1002	王思凡	汉中	406	N202	电表	60.00	20
S1003	李丽	成都	137	N203	空调器	3800.00	10
S1004	刘平	洛阳	K55	N201	风扇	315.00	30
S1005	陈言方	太原	48	N203	空调器	3800.00	15
S1006	张军	银川	206	N206	电冰箱	1390.00	26
S1007	王静	潍坊	K88	N202	电表	60.00	30

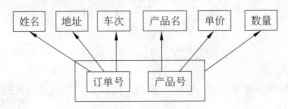

图 1-2-1　订单关系的函数依赖

订单号#	姓名	地址	车次
S1001	张晓月	西安	无
S1002	王思凡	汉中	406
S1003	李丽	成都	137
S1004	刘平	洛阳	K55
S1005	陈言方	太原	48
S1006	张军	银川	206
S1007	王静	潍坊	K88

产品号#	产品名	单价
N201	风扇	315.00
N202	电表	60.00
N203	空调器	3800.00
N206	电冰箱	1390.00

订单号#	产品号#	数量
S1001	N201	50
S1002	N202	20
S1003	N203	10
S1004	N201	30
S1005	N203	15
S1006	N206	26
S1007	N202	30

分析：因为订单号→地址,且地址→车次,所以订单号→车次,即存在传递函数依赖。

第三步　消除传递函数依赖,转换为 3NF。

订单号#	姓名	地址
S1001	张晓月	西安
S1002	王思凡	汉中
S1003	李丽	成都
S1004	刘平	洛阳
S1005	陈言方	太原
S1006	张军	银川
S1007	王静	潍坊

地址#	车次
汉中	406
成都	137
洛阳	K55
太原	48
银川	206
潍坊	K88

产品号#	产品名	单价
N201	风扇	315.00
N202	电表	60.00
N203	空调器	3800.00
N206	电冰箱	1390.00

订单号#	产品号#	数量
S1001	N201	50
S1002	N202	20
S1003	N203	10
S1004	N201	30
S1005	N203	15
S1006	N206	26
S1007	N202	30

注：带有#号的字段为主属性。

第 3 章 Access 用户界面

1. 列举 6 种 RDBMS 产品。

【参考解答】

例如，小型数据库管理系统 Access、Paradox，大型数据库管理系统 IBM DB2、Oracle、Informix 以及开放源码数据库管理系统 MySQL 等，都是 RDBMS。

2. 列举 5 种 Microsoft Office 2000 套件中的软件名称，并简要说明它们的功能。

【参考解答】

（1）Word：文字处理软件。

（2）Excel：数据表处理软件。

（3）PowerPoint：演示文稿制作软件。

（4）FrontPage：网页制作软件。

（5）Access：数据库管理系统。

3. 简要说明 Access 的基本组成部分。

【参考解答】

（1）数据库引擎：是存储、排序和获取数据的软件。在创建单机数据库时，Access 使用 Jet 引擎来管理数据。可以选用微软数据库引擎 MSDE，它和 Microsoft 的企业版数据库软件 SQL Server 相互兼容。

（2）数据库对象：Access 数据库最基本的构件是对象。一个数据库可以包含任意数量的对象。可在数据库窗口中创建和编辑当前数据库中的对象。Access 支持的数据库对象有表、查询、窗体、模块、报表、宏和数据库访问页。

（3）设计工具：Access 包含一套设计工具，可用于创建和编辑对象。例如，查询设计器可用于设计一个查询，或对一个已有的查询进行编辑和修改。

（4）编程工具：Access 与 Microsoft Office 中其他应用程序共享编程语言 VBA。它用于编写数据操纵程序，从而丰富 Access 应用程序的数据访问功能。

4. Access 数据库中可以包含哪些对象？它们之间有什么关系？

【参考解答】

（1）表：是数据库中最基本的结构，用于存储由数据库管理的数据。表以行、列的格式组织数据。表及表之间的关系构成了数据库的核心。

（2）查询：是对表中的数据进行提问并对数据进行某些操作的工具。用于按预先设定的规则,从一个表、一组相关表或其他查询中抽取数据供用户查看。可以利用查询的不同方法来查看、更改、分析数据,也可以将查询作为窗体和报表的数据来源。将查询保存为一个数据库对象后,就可以在任何时候查询数据库的内容。

(3) 窗体:用于向用户提供一个可以交互的图形界面,进行数据的输入、显示以及应用程序的执行控制。窗体可以设计成简单明了的形式,也可以精心制作成具有图形、线条和自动查找特性,以及对话框等的复杂形式,以便快捷地输入和操纵数据。

(4) 报表:用于以实用的格式打印或预览数据。报表同窗体相似,既可以用简单的表格、图表来呈现数据,也可以为特殊用途(如邮件、发票等)进行复杂的设计。报表最突出的功能是可以对数值型数据进行分类统计。

(5) 宏:是若干个操作的组合,其中每个操作实现特定的功能。可以将一些经常性的操作设计为宏,当执行这个宏时,其中定义的所有操作就会按照规定的顺序依次执行。宏可以方便地将表、查询、窗体、报表集合成应用程序系统。

(6) 模块:是用 VBA 语言编写的程序,能对操作进行更精确的控制。一般来说,编写模块是专业程序员的工作。

(7) 数据访问页:是特殊的 Web 页,用于设计查看和操作来自 Internet 或 Intranet 的数据。这些数据保存在 Microsoft Access 数据库或 Microsoft SQL Server 数据库中。数据访问页也可以作为一个独立的 HTML 文件保存在磁盘上,在数据库窗口中的图标只是指向真实文件的快捷方式。

5. 什么是查询? 查询与表有什么区别?

【参考解答】

查询是一种 Access 数据库对象,其中保存了一套用于从一个或多个表,或其他查询中抽取数据的查询方式(查询条件和所执行的操作)。执行一个查询时,分散在各个表或其他查询中的一批数据将按指定的查询方式集中在一起,提供给用户来查看、更改和分析数据。也可以将查询作为表、窗体或报表的数据来源。

查询与表的区别主要有以下几点:

(1) 表是由一批数据组成的行列结构的数据表,而查询是一套可以从其他表中提取数据的查询方式,即查找条件和所执行的操作的集合。

(2) 在"数据表"视图中显示的表中的数据是实际存放在表中的数据,而所显示的查询中的数据却是分散地存储在作为数据源的一个或多个表中的。

(3) 一个表中的所有字段都来自该表自身,而查询中的不同字段经常来自不同的表。

6. 什么是窗体? 窗体的主要功能是什么?

【参考解答】

Access 数据库中的窗体对象是提供给用户进行交互式数据库操纵的图形界面。

窗体的主要功能是进行数据的输入、显示以及应用程序的执行控制。可以创建不同类型的窗体来满足各方面的需要。例如,创建数据入口窗体,可以向 Access 表中输入数据;创建切换面板窗体,可用来打开其他窗体或报表;创建自定义对话框,可接受用户输入并依照用户输入的信息来执行相应的操作。

7. 宏有什么作用？宏怎样执行？

【参考解答】

宏是一个或多个操作的集合，其中每个操作实现特定的功能。例如，打开一个窗体，打印一个报表等。宏可以使一些操作任务自动完成。

Access 以宏名来调用宏，从宏的起始点启动，运行宏中所有操作直到另一个宏（如果宏是在宏组中）或者到达宏的结束点为止。宏有以下几种执行方式：

（1）在宏窗口中，单击工具栏上的按钮即可直接执行。

（2）要在"数据库窗口"中运行宏，可先切换到"宏"页，然后双击宏名即可。

（3）可以从其他宏或事件过程中直接运行宏，或者将运行宏作为对窗体、报表、控件中发生的事件做出的响应。例如，可以将某个宏附加到窗体的命令按钮上，这样在用户单击按钮时就会运行相应的宏。

8. 程序中是否一定要有模块？为什么？

【参考解答】

Access 提供了表、查询、窗体等多种操纵数据库的对象，正确使用它们，可以完成几乎所有的数据库操纵任务，不必编写模块。只有当某个特定的任务不能用其他对象实现，或实现起来较为困难时，才利用 VBA 语言编写程序代码，创建模块来完成这些操作。

9. 使用 Access 能做哪些工作？

【参考解答】

在 Access 中，用户能够完成的工作大致包括：

（1）创建数据库：按预先设计的各个表的结构来组织数据，并建立表之间的联系。

（2）创建查询：按条件查找、更新、计算或分析数据。

（3）创建窗体：以便直接输入、查看、更新、计算或分析数据。

（4）创建报表：分析数据或以特定方式打印数据。

（5）通过导入和导出功能：在 Access 数据库与其他种类的数据库或电子表格中互相传递数据。

（6）建立超链接：调用 Internet 或 Intranet 上流动的其他数据资源。

（7）利用宏或 VBA 编程：将各种数据库及其对象连接起来，形成数据库应用系统。

10. 如果在安装 Microsoft Office 时没有安装 Access，现在要单独安装，应该如何操作？

【参考解答】

（1）将 Microsoft Office 系统盘插入光盘驱动器，运行安装程序（Setup.exe）。

（2）按照安装向导的提示完成输入 CD key（序列号）等操作、接受"最终用户许可协议"等操作。

（3）在弹出"安装准备就绪"对话框时，单击"自定义"按钮，然后在弹出的"Microsoft Office×××安装选项"中将"Microsoft Access for Windows"项设为"安装"，将其他项设为"不安装"。

（4）单击"开始安装"按钮，开始安装软件。安装完成之后，按屏幕提示重新启动计算机，完成安装过程。

也可以利用控制面板中的"添加/删除程序"对象来安装。

11. 简述 Access 主窗口的主要组成部分及其特点。

【参考解答】

（1）菜单栏包含文件、编辑、格式等下拉菜单。

（2）工具条包含常用、格式等工具条。Access 可按当时打开的对象或视图显示相应的工具条而隐藏无关的工具条。

12. 简述数据库窗口的主要组成部分及其作用。

【参考解答】

（1）工具条有 3 组按钮，分别用于操作数据库对象、删除对象和设计对象列表的方式。

（2）对象栏包含多个对象按钮，分别用于在表、查询、窗体等对象页之间切换。

（3）对象列表显示当前对象页的所有对象，如"表"对象页的所有表等。

13. 举例说明如何创建新组？新组中能不能存放不同类型的对象？

【参考解答】

右击对象栏，选择快捷菜单中的"新组"命令，并在弹出的"新建组"对话框中输入新组名称，然后单击"确定"按钮，则对象栏中出现新组的按钮。

可将各种不同类型对象的快捷方式添加到新组中，可对快捷方式进行和源对象相同的操作。

14. 假设创建了每周的生产报表、销售报表、员工业绩报表等多种报表，并且都要在每星期一上午运行，应该如何处理才比较方便？

【参考解答】

可以在对象栏中创建一个新组，然后为每个报表创建一个快捷方式，并将这些快捷方式拖放到新组中。每逢星期一上午，先利用某个快捷方式启动 Access，并直接切换到"报表"页，然后双击某个报表的对象即可打开它。

15. 什么是模板？什么是向导？举例说明在数据库中创建独立对象的向导的作用。

【参考解答】

模板是已设计好的对象（如查询），可以套用而生成同一类对象。向导实际上是程序，它向用户提出问题，由用户对有关选项作出选择，并按用户的选择进行操作。

Access 提供了多种创建各种对象的操作向导。用户只需按照对话框的提示进行一些简单的鼠标操作，或者输入一些必要的信息回答对话框的提问，就可以完成对象的创建工作。例如，在设计报表时，可以在"新建报表"对话框中启动"设计向导"，向导将会按照创建报表的需要逐步显示各种对话框，依次提示用户输入或选择有关的记录源（表或查询）、字段名、版面布局、报表格式，以及报表名等，并根据用户的回答来创建报表。

16. 导入数据和链接数据有什么联系和区别？

【参考解答】

导入数据和链接数据是 Access 使用外部数据源的两种方法。

在 Access 数据库中，导入的数据将以表的形式保存一个副本，源表或源文件不会改变。而链接则使得 Access 用户能够读取外部数据源中的数据，并可更新这些数据。由于并未导入,外部数据源的格式不会改变,因此,可以继续使用创建文件的程序来使用它,同时也可使用 Access 来添加、删除或编辑它的数据。

如果数据只在 Access 中使用,则应该使用导入方式。Access 自身的表的工作速度较快,而且在必要时,可以像在 Access 中创建的其他表一样,修改导入的表以满足要求。如果要使用的数据由 Access 以外的其他程序来更新,则应该使用链接方式。使用这种方式,仍旧可以保持当前更新、管理和共享数据的方法,而且可以使用 Access 来处理数据。例如,可以用外部数据创建查询、窗体和报表,并将外部数据和 Access 表中的数据联合使用。甚至,当其他人正以原始程序使用外部数据时,还可以进行查看和编辑。

17. 分别说明完成下列功能的操作过程:

(1) 将一个 Excel 工作表中的部分数据添加到 Access 数据库表中。

(2) 将 Access 表中的字段作为合并字段插入到 Word 文档中。

(3) 将一个 Access 数据库表传送到 Excel,再将其中的一部分数据用图表表现出来。

【参考解答】

(1) 按以下步骤操作,即可将一个 Excel 工作表中的部分数据添加到 Access 数据库表中。

第一步 在 Excel 中,给工作表的指定数据区域命名,并保存工作表。

选择“插入”菜单的“名称”项,弹出如图 1-3-1 所示的“定义名称”对话框。在对话框中输入该区域的名称,并单击“确定”按钮。

第二步 在 Access 中导入数据。

选择菜单项:“文件”|“获取外部数据”|“导入”,弹出如图 1-3-2 所示“导入”对话框。

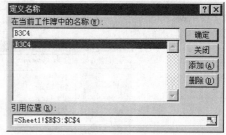

图 1-3-1 Excel 的“定义名称”对话框

图 1-3-2 “导入”对话框

在其中选择要导入的 Excel 工作表,并单击“导入”按钮,弹出如图 1-3-3 所示“导入数据表向导”对话框。

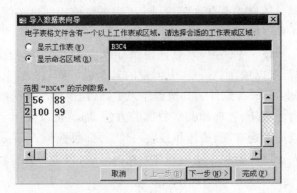

图 1-3-3 "导入数据表向导"对话框

在其中选择"显示命名区域"单选项,显示所有已命名的区域列表,在其中选择指定的区域,并单击"完成"按钮。

(2) 可按以下步骤将 Access 表导出到 Microsoft Word 邮件合并数据源文件。

在数据库窗口中选定要导出的表的图标,并选择"文件"菜单的"导出"命令,弹出如图 1-3-4 所示的"导出"对话框。

图 1-3-4 "导出"对话框

在"保存类型"列表框中选择 Microsoft Word Merge 项;在"保存位置"列表框中选择目标驱动器或文件;在"文件名"框中输入或选择文件名,然后单击"保存"按钮。

(3) 将一个数据库表的导出文件加载到 Microsoft Excel,并在其中进行分析处理的操作步骤如下:

第一步 选定数据库表或其中一部分。

在数据库窗口中,选定要保存和加载到 Excel 的数据表图标。如果要保存数据表的选定范围,则应打开数据表,选择其中部分内容,然后再继续操作。

第二步 导出到 Excel。

选择菜单项:工具 | Office 链接 | 用 MS Excel 分析,导出文件将保存为 Excel 文件(.xls),并保存在默认数据库文件夹中。Excel 将自动启动并打开导出文件。

如果要将其中一部分数据用图表表现出来,先选定这些数据,再制作图表即可。

18. 简述 VBA 的事件驱动机制。

【参考解答】

VBA 最重要的特征是它的事件驱动机制,即代码中特定的过程将会在特定事件被触发的条件下执行。事件常与用户的操作,如单击、双击、按键等相联系。例如,在为一个命令按钮编写的事件处理过程中用 VBA 语句定义了一些操作,则当程序运行后,用户单击按钮时,所定义的操作就会执行。

19. 将罗斯文示例数据库的"雇员"表导出为 Word 文档,在 Word 中编辑修改其内容和格式,再导入到数据库中。

【参考解答】

(1) 将"雇员"表导出为 Word 文档

启动 Access,打开罗斯文数据库,并切换到表对象页。

右键单击"雇员"表图标,并选择快捷菜单的"导出"项,弹出"导出"对话框,如图 1-3-5 所示。

图 1-3-5 "导出"对话框

在"保存类型"框中选择"Rich Text Format"项,在文件列表框中选择"雇员"图标并单击"保存"按钮,或双击"雇员"图标,将"雇员"表保存为可在 Word 中进行编辑的文档。

(2) 在 Word 中编辑文档

启动 Word,选择菜单项:"文件"|"打开",弹出"打开"对话框,如图 1-3-6 所示。

选定"雇员"文档图标并单击"打开"按钮,或双击"雇员"文档图标,打开该文档。然后在 Word 中编辑修改文档。例如,可以进行插入、删除、更新等操作。

选择"文件"菜单的"另存为"项,弹出"另存为"对话框,将文档另存为同名的"文本文件"或"Web 页",然后关闭 Word。

【注】 保存为"Web 页"可以保持现有格式。

(3) 再导入到罗斯文数据库中

启动 Access,打开罗斯文数据库,并切换到表对象页。

图 1-3-6　Word"打开"对话框

　　在数据库窗口中用右键单击,并选择快捷菜单的"导入"项,弹出"导入"对话框。在"文件类型"框中选择"文本文件"项或"HTML 文档"项,在文件列表框中选择"雇员"图标并单击"导入"按钮,或双击"雇员"图标,即可将"雇员"文档重新导入到罗斯文数据库中。

1. 以罗斯文数据库为例,说明关系型数据库如何实现数据库中数据的连接。

【参考解答】

关系型数据库通过建立表与表之间的关系来连接数据库中的数据。关系的建立是通过键的匹配来实现的。例如,在如图 1-4-1 所示的罗斯文数据库中,"运货商"表和"供应商"表之间通过共有字段"公司名称"建立了一对一的关系。前者的一条记录只对应后者中一条匹配的记录,反之亦然。又如,"供应商"表的"产品"表之间通过前者中的主键和后者中的外键建立了一对多的关系,前者的一条记录可以对应后者中多条匹配的记录。

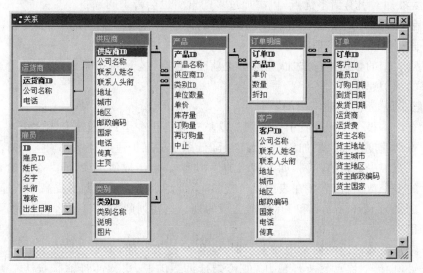

图 1-4-1 罗斯文数据库各表间的关系

通过这种表之间的关联性,将罗斯文数据库中的多个表联络成一个有机的整体,使多个表中的字段协调一致,从而可以快速地提取信息。

2. 什么是主键? 主键和外键有什么关系?

【参考解答】

主键又称为主码,是表中的一个或多个字段,它的每个值都唯一标识一条记录。在两个表的关系中,主键用于在一个表中引用来自于另一个表中的特定记录。

外键也是表中的一个或多个字段,外键的值与相关表的主键相匹配。

3. 哪些字段适合于设定为索引？主键是否适合于设定为索引？

【参考解答】

创建索引可以大大提高系统的性能：

- 通过创建唯一性索引，可以保证数据库表中每行数据的唯一性。
- 可以大大加快数据的检索速度，这是创建索引的最主要的原因。
- 可以加速表和表之间的连接，特别有利于实现数据的参照完整性。
- 在使用分组和排序子句进行数据检索时，可以显著减少分组和排序的时间。
- 可以在查询的过程中使用优化隐藏器，提高系统的性能。

一般来说，应该创建索引的列有：

- 经常需要搜索的列。可以加快搜索的速度。
- 作为主键的列。强制该列的唯一性和组织表中数据的排列结构。
- 经常用于连接的列。这些列主要是一些外键，可以加快连接的速度。
- 经常需要根据指定的范围进行搜索的列。在某（或某组）列上创建索引相当于按该列进行排序而将相同范围内的记录聚集在一起，从而大大提高查询的效率。
- 经常需要排序的列。因为索引已指定了记录的顺序，在此基础上进行排序所要花费的时间自然会大大缩短。
- 经常使用在 WHERE 子句中的列。可以加快条件的判断速度。

虽然添加索引有诸多优点，但添加过多的索引也会带来问题：

- 创建索引和维护索引要耗费时间，且时间将随着数据量的增加而增加。
- 索引需要占用物理空间。
- 对表中的数据进行添加、删除和更新时，也要动态地维护索引，这样就降低了数据的维护速度。

一般来说，不宜创建索引的列有：

- 查询中很少使用或者引用的列。既然这些列很少用到，因此有无索引并不能提高查询速度。如果增加索引，反而会降低系统的维护速度且增大了空间需求。
- 只有很少数据值的列（如人事表的性别列）。由于取值很少，同一个值会涉及表中的多个数据行，需要在表中反复搜索，因此增加索引不能明显提高检索速度。
- 定义为 text、image 和 bit 数据类型的列。这些列的数据量要么相当大，要么取值很少。
- 经常需要修改的列。增加索引时，会提高检索性能，但是会降低修改性能。减少索引时，会提高修改性能，降低检索性能。因此，当修改性能远远大于检索性能时，不应该创建索引。

主键可以保证记录的唯一和主键域非空。在数据库中，定义主键时自动生成唯一索引，所以主键也是一个特殊的索引。在同一个表里只能有一个主键。简单地说：主键就是所在列不能出现相同记录的特殊索引，而且这个索引只能在表里出现一次。有了主键就可以使表中的记录相互区别，有了索引就可以对表中记录进行排序。

4. 以罗斯文数据库中的表为例，说明一对多关系是怎样形成的。

【参考解答】

图 1-4-2 中的"运货商"表和"供应商"表之间是一对一的关系。在这种关系中，基本

表中每条记录只对应相关联表中一个匹配的记录;反之,相关联表中的一条记录也只对应基本表的一条记录。

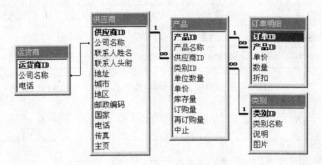

图 1-4-2　一对一关系和一对多关系

图 1-4-2 中的"供应商"表和"产品"表、"产品"表和"订单明细"表、"产品"表和"类别"表之间都是一对多的关系。一对多的关系是关系中最常用的类型。在这种关系中,基本表中一条记录可以与相关联表中的多条记录相匹配,但相关联表中的一条记录只能与基本表的一条记录相匹配。

5. 以罗斯文数据库中的表为例,说明如何处理多对多关系。

【参考解答】

这种类型的关系只能通过定义第三个表(称为连结表)来实现。连结表的主键包括两个字段,即来源于两个表的外键。多对多的关系实际上是通过第三个表来实现的两个一对多关系。例如,在罗斯文数据库中,"产品"表和"订单"表之间存在着多对多关系,这个关系通过两个一对多关系来实现:产品1—∞订单明细、订单明细∞—1订单。

6. 举例说明如何使数据库的设计遵循第三范式。

【参考解答】

(1) 将来自实际任务的原始表格规范到第一范式(1NF)

属于 1NF 的关系模式的每个数据项(对应于数据库的字段)都是单纯的,既不可再细分为更小的数据项,也不存在非唯一的数据值。凡不属于第一范式的二维表,必然是非规范的。例如,图 1-4-3 所示的表为具有多值数据项的非规范二维表。

编号	姓名	性别	职务	工资	工作简历	起止时间
A001	张家林	男	总经理	5500	总经理	1986—
B002	王定一	男	副总经理	5000	销售部副主任 销售部主任 副总经理	1986—1989 1989—1995 1995—

图 1-4-3　具有多值数据项的非规范二维表

将其转化为属于第一范式的关系模式的方法是:重复所在行的各个数据值,使每个数据项有且仅有一个数据值,转换得到的"职工"关系如图 1-4-4 所示。

编号	姓名	性别	职务	工资	工作简历	起止时间
A001	张家林	男	总经理	5500	总经理	1986—
B002	王定一	男	副总经理	5000	销售部副主任	1986—1989
B002	王定一	男	副总经理	5000	销售部主任	1989—1995
B002	王定一	男	副总经理	5000	副总经理	1995—

图 1-4-4　消除多值数据项后的"职工"关系

又如,图 1-4-5 所示的表就是具有组合数据项的非规范二维表。

编号	姓名	性别	职务	工　　资		
				基本工资	浮动工资	津　贴
…	…	…	…	…	…	…

图 1-4-5　具有组合数据项的非规范二维表

将该表转化为属于第一范式的关系模式的方法是:将组合数据项的各分量化为单纯数据项,并用来取代原来的组合数据项,转换得到的关系模式为:

工资 (编号姓名,性别,职务,基本工资,浮动工资,津贴)

(2) 将关系模式规范到第二范式(2NF)

关系模式"职工"有不必要的重复数据,在修改数据时可能会因疏漏而产生数据不一致。为了减少数据冗余且避免更新数据时的遗漏,需要将其转化为属于第二范式的关系模式。方法是将关系模式"职工"分解为两个新的关系模式"职务"和"简历"。

职务 (编号,姓名,性别,职务,工资)
简历 (编号,工作简历,起止时间)

从而使每个关系模式的所有非键数据项都完全函数依赖于各自的键。相应的二维表分别如图 1-4-6(a)和(b)所示。

编号	姓　名	性别	职务	工资
A001	张家林	男	总经理	5500
B002	王定一	男	副总经理	5000

(a) 第二范式二维表(之一)

编号	工作简历	起止时间
A001	总经理	1986—
B002	销售部副主任	1986—1989
B002	销售部主任	1989—1995
B002	副总经理	1995—

(b) 第二范式二维表(之二)

图 1-4-6　分解得到的第二范式二维表

(3) 将关系模式规范到第三范式(3NF)

在关系模式"职务"中,数据项"工资"和"职务"都完全函数依赖于键,但"工资"受"职务"的制约。如果在更新数据时只更新了"职务"而未同时更新"工资",就会出现因未同步更新而导致的数据不一致错误。为了消除这种数据项之间的传递依赖性,需要转化为第三范式。方法是:从第二范式中分解出新的二维表,使每个二维表里的所有非键数据项均不传递(也不部分)依赖于键,如图1-4-7所示。

编 号	姓 名	职 务
A001	张家林	总经理
B002	王定一	副总经理

编 号	工 资
A001	5500
B002	5000

(a) 第三范式二维表(职务)(之一)　　　　(b) 第三范式二维表(工资)(之二)

图 1-4-7　分解得到的第三范式二维表

经过以上步骤,就将图1-4-3所示的表格转换成了图1-4-7和图1-4-6(b)所示的三个第三范式关系。

7. 列举三种在 Access 中创建数据库的方式。

【参考解答】

在 Access 中,可以采用以下几种方法来创建数据库:

(1) 使用数据库向导:使用数据库向导时,Access 将按照用户选择的数据库模板来创建类似的数据库,其中包括全部的表、查询、窗体等各种数据库对象。

(2) 先创建一个空白的数据库,再通过各种方式创建其中的表、查询、窗体等各种数据库对象。

(3) 复制一个已有的数据库,再进行必要的修改,创建自己的数据库。

8. 数据库的直接打开、使用收藏夹打开和使用快捷方式打开这三种方式,各有什么优缺点? 还有什么打开方式?

【参考解答】

数据库的三种打开方式比较如下:

(1) 直接打开方式是基本的、功能完善的数据库打开方式。在单击了"打开数据库"按钮或选择了"文件"|"打开"菜单项之后,弹出"打开"对话框,可用于选择或查找存储在任何位置的任何数据库文件,还可以选择数据库打开后的工作方式:默认的方式(多用户环境下的共享方式)、"只读"方式或"独占"方式等。

(2) 使用收藏夹打开是快速、方便的数据库打开方式。收藏夹可以保存常用的、包括远程网络位置上的数据库文件或其他文件的快捷方式。利用这些快捷方式,可以快速打开存储在本地数据库、网络数据库以及共享目录中远程数据库中的数据库对象,且不必记住文件的存储位置。

(3) 使用快捷方式打开是指利用保存在收藏夹之外的其他位置,如桌面或某个文件夹中的数据库文件的快捷方式来打开数据库的方式。这种方式的优点与使用收藏夹打开方式相似,但用户要记住有关快捷方式的保存位置。

9. 简述创建表的几种方式。

【参考解答】

在 Access 中,可以采用以下几种方法来创建表。

(1)使用数据库向导:使用数据库向导创建的数据库中将包括全部表以及窗体和报表等数据库对象;但在创建过程中,不能将新表添加到数据库中,不能删除表中的字段,只能添加向导中列出的少量字段。

(2)使用表向导:在使用表向导创建的过程中,可以从各种预先定义好的表中选择字段,可以删除已有的字段,也可以添加自定义的字段。

(3)使用"设计"视图:从无到有地指定表的结构的全部细节,再填充表中的数据。

(4)直接输入数据来创建表:将数据直接输入到空白的数据库表中,在保存新的数据库表时,Access 将分析数据并自动为每一字段指定适当的数据类型及格式。

(5)通过导入操作来创建表:在导入其他数据源中的数据时,导入数据库向导将会要求用户选择数据的保存位置,选择"新表中"单选项即可。

10. 举例说明定义字段时如何选择数据类型。

【参考解答】

例如,对于罗斯文示例数据库中的"产品"表(其设计视图如图 1-4-8 所示)来说,选择各字段数据类型的方法如下:

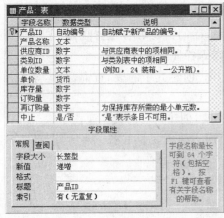

图 1-4-8　产品表设计视图

(1)"产品 ID"字段的值为从小到大连续递增的数字,且该字段为"产品"表的主键,故选择"自动编号"型。按规定,该表中只有这一个"自动编号"型字段。

(2)"产品名称"和"单位数量"字段的值不会用于数值计算,故选择"文本"型。

(3)"供应商 ID"和"类别 ID"均为外键,是"查阅向导"型字段,其值来自于其他表中的"自动编号"型字段,故选择"数字"型。

(4)"单价"字段的值经常要用于数值计算,且对计算的精度有较高要求,故选择"货币"型。

(5)"库存量"、"订购量"和"再订购量"字段的值常用于数值计算,故选择"数字"型。

(6)"中止"字段只有"中止"和"不中止"两种取值,故选择"是/否"型。

11. 举例说明字段的有效性规则属性和有效性文本属性的意义和使用方法。

【参考解答】

例如,对于罗斯文示例数据库的"订单明细"表(其设计视图如图 1-4-9(a)所示)中的"折扣"字段来说,应该限制用户输入的数字在 0～1 之间且为一个带有％的数字,故在表的创建过程中,需要在"字段属性"列表框的"有效性规则"行输入"Between 0 And 1",并在"有效性文本"行输入"您必须输入一个带百分号的值。"这样,当用户输入的内容不符合要求,即不是数字,不在 0~1 范围之内或不带％时,Access 都会显示如图 1-4-9(b)所示的消息框,提示用户输入的数据有错误,直到用户输入了正确的数字为止。

(a) 订单明细表设计视图　　　　　　(b) 输入错误消息框

图 1-4-9　订单明细表设计视图与输入错误消息框

12. 通过直接输入数据来创建表时,能否修改字段的定义? 如何修改?

【参考解答】

直接在数据表视图中输入数据之后,Access 会按照这些数据自动创建表,定义相应的字段并设置主键。在创建过程中,可以按照需要对其中的字段名称、字段属性等进行调整。例如,通过直接输入数据而创建的“表 1”表的方法如下:

在“表 1”表的数据表视图中,Access 按输入的数据自动生成了分别以“字段 1”、“字段 2”和“字段 3”命名、数据类型均为“文本”的三个字段,且自动生成了作为关键字的自动编号型字段“ID”。其数据表视图和设计视图分别如图 1-4-10(a)和(b)所示。

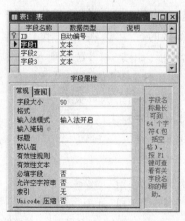

(a) 表视图　　　　　　(b) 设计视图

图 1-4-10　通过输入数据创建表时的两种视图

在“表 1”表的设计视图中,分别将“字段 1”、“字段 2”和“字段 3”改名为“课目”、“编号”和“任课老师”,然后保存该表,并在数据库窗口中将表名改为“课程”。

13. 举例说明在"关系视图"中修改表与表之间关系的方法。

【参考解答】

修改表与表之间的关系是指对数据库中已有的表间的关系进行修改、删除等操作。具体操作步骤与建立关系时相似,可以修改表与表之间相关联的字段以及关联的方式和属性等。下面通过"关系视图"来修改罗斯文示例数据库的"客户"表和"订单"表之间的关系。

(1) 打开"关系"窗口

打开罗斯文数据库,在数据库窗口中,单击数据库工具条上的"关系"按钮,打开"关系"窗口。

(2) 调用"编辑关系"对话框

以下三种方法都可以弹出如图 1-4-11(a)所示的"编辑关系"对话框。

① 双击"客户"表和"订单"表之间的关系连线。

② 右击两个表之间的关系连线,并选择快捷菜单的"编辑关系"项。

③ 单击两个表之间的关系连线,使细线变成粗线,然后选择"编辑"菜单的"编辑关系"项。

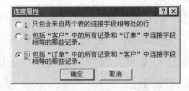

(a) "编辑关系"对话框　　　　　　(b) "连接属性"对话框

图 1-4-11　修改关系

单击"连接类型"按钮,弹出"连接属性"对话框,将其中选中的"只包含来自两个表的连接字段相等处的行"单选项改为"包括'订单'中的所有记录和'客户'中连接字段相等的那些记录"单选项,如图 1-4-11(b)所示。

单击"连接属性"对话框的"确定"按钮,返回"编辑关系"对话框,再单击"编辑关系"对话框的"确定"按钮,结束编辑关系的工作。

【注】　本例中将原来的"内连接"(只包含两个表的连接字段相等处的行)改为"右外连接"(在内连接基础上加上"订单"表中的剩余记录)。

(3) 删除关系

以下三种方法都可以删除"客户"表和"订单"表之间的关系。

① 右击"客户"表和"订单"表之间的关系连线,并选择快捷菜单的"删除"项。

② 单击两个表之间的关系连线,使细线变成粗线,然后按 Delete 键。

③ 单击两个表之间的关系连线,使细线变成粗线,然后选择"编辑"菜单的"删除"项。

14. "隐藏列"和"冻结列"有什么区别?如何显示被隐藏的列?如何取消对列的冻结?

【参考解答】

"隐藏列"是指将当时不想看到的字段隐藏起来,在屏幕上只保留那些想要查看的字段。“冻结列”则是将某些字段“固定”显示在屏幕的指定位置。例如，查看一条比屏幕宽的记录需左右移动窗口时，被“冻结”的字段始终显示在指定的位置而不随之移动。

如果要使被隐蔽起来的字段重新显示，可选择“格式”菜单的“撤销隐藏列”命令，并在弹出的“撤销隐藏列”对话框中进行相应的设置。

如果要取消对某些字段的冻结，可选择“格式”菜单的“取消对所有列的冻结”命令。

15. 记录的排序和筛选各有什么作用？如何取消对记录的排序？如何执行“内容排除筛选”操作？

【参考解答】

将数据表按照一个或多个字段的内容进行排序，可以更方便地查看和操纵数据。如果有多条记录符合查找的条件，希望能将符合条件的所有记录一次都显示在屏幕上，可以使用“筛选”功能，将无关的记录暂时筛选掉，只保留感兴趣的记录。

如果要取消按某个字段对记录的排序，则选择“记录”菜单的“取消筛选/排序”命令，或右键单击该字段，再选择弹出菜单的“取消筛选/排序”命令即可。例如，在罗斯文数据库的“雇员”表（如图 1-4-12(a)所示）中，挑选出所有“头衔”字段的值不为“销售代表”的记录的操作如下：

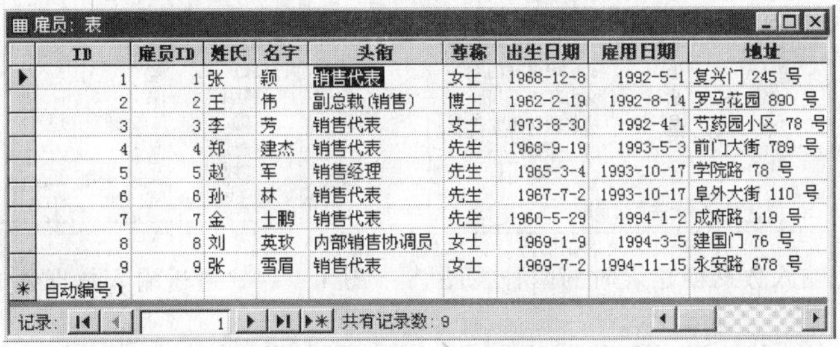
雇员：表

ID	雇员ID	姓氏	名字	头衔	尊称	出生日期	雇用日期	地址
1	1	张	颖	销售代表	女士	1968-12-8	1992-5-1	复兴门 245 号
2	2	王	伟	副总裁(销售)	博士	1962-2-19	1992-8-14	罗马花园 890 号
3	3	李	芳	销售代表	女士	1973-8-30	1992-4-1	芍药园小区 78 号
4	4	郑	建杰	销售代表	先生	1968-9-19	1993-5-3	前门大街 789 号
5	5	赵	军	销售经理	先生	1965-3-4	1993-10-17	学院路 78 号
6	6	孙	林	销售代表	先生	1967-7-2	1993-10-17	阜外大街 110 号
7	7	金	士鹏	销售代表	先生	1960-5-29	1994-1-2	成府路 119 号
8	8	刘	英玫	内部销售协调员	女士	1969-1-9	1994-3-5	建国门 76 号
9	9	张	雪眉	销售代表	女士	1969-7-2	1994-11-15	永安路 678 号
自动编号)								

记录：1 共有记录数：9

(a) 筛选前的雇员表

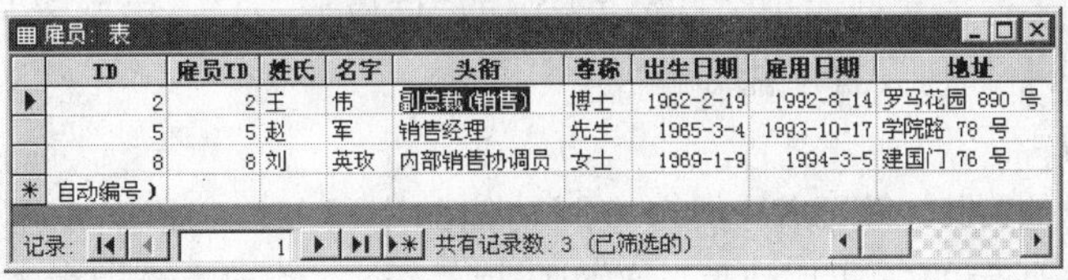
雇员：表

ID	雇员ID	姓氏	名字	头衔	尊称	出生日期	雇用日期	地址
2	2	王	伟	副总裁(销售)	博士	1962-2-19	1992-8-14	罗马花园 890 号
5	5	赵	军	销售经理	先生	1965-3-4	1993-10-17	学院路 78 号
8	8	刘	英玫	内部销售协调员	女士	1969-1-9	1994-3-5	建国门 76 号
自动编号)								

记录：1 共有记录数：3 (已筛选的)

(b) 筛选后的雇员表

图 1-4-12　筛选前后的雇员表

(1) 选中“雇员”表第一条记录的“头衔”字段网格。

(2) 采用以下两种方法之一进行“内容排除筛选”操作。

① 选择“记录”菜单的“筛选”子菜单中的“内容排除筛选”命令。

② 右键单击该网格，选择弹出菜单的“内容排除筛选”命令。

这样，“雇员”表的数据表视图中，将不显示“头衔”为“销售代表”的雇员的记录，如图 1-4-12(b)所示。

16. 举例说明不使用向导创建值列表字段的方法。

【参考解答】

例如，使如图 1-4-13 所示的 xjb 表中的“性别”字段的值－1 和 0 分别显示为“男”和

"女"的方法如下：

（1）打开 xjb 表，切换到设计视图，并切换到"字段属性"（下半部）列表的"查阅"页。

（2）在"显示控件"下拉列表框中，单击▼，选择列表中的"列表框"项。

（3）在"行来源类型"下拉列表框中，单击▼，选择列表中的"值列表"项，并在"行来源"下拉列表框中输入以下内容：

"男"；-1；"女"；0

如图 1-4-14 所示。

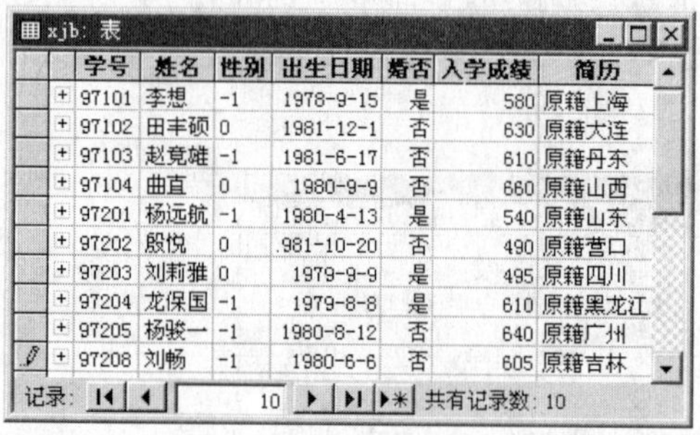

图 1-4-13　通过输入数据创建表时的两种视图 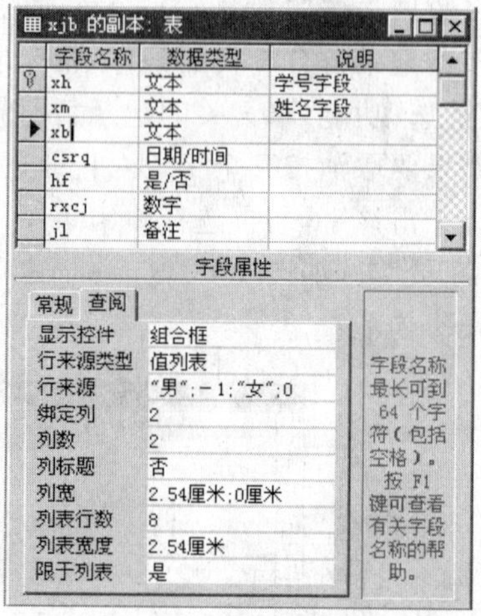　　图 1-4-14　通过输入数据创建表时的两种视图

（4）切换到 xjb 表的设计视图，则其"性别"字段的值-1 和 0 分别显示为"男"和"女"。

17. 在罗斯文示范数据库中，"产品"表中的"供应商 ID"字段并未显示实际的"供应商 ID"值，为什么？如何设置才能如此？

【参考解答】

"产品"表中的"供应商 ID"是具有查阅功能的字段。该字段显示出来的不是实际值而是如图 1-4-15 所示的"查阅"列表中的相应值，这个查阅列表是通过查阅"供应商"表中的"供应商 ID"字段，并显示相应的"公司名称"字段的值来创建的。

从查阅列表中选择相应的值，将设置当前记录的外键（"产品"表中的"供应商 ID"）到相关表中所对应的记录的主键（"供应商"表中的"供应商 ID"）的联系，以便显示（不保存）相关表中某个字段的值，而实际的外键的值只保存不显示。通过隐藏包含实际数据列的方法使得字段中显示的内容具有更明确的意义。

可以在表的设计视图或数据表视图中通过查阅向导创建查阅列表字段，也可以不使用查阅向导，通过在设计视图的"行来源类型"框中进行选择并在"行来源"框中输入查询语句来创建查阅列表字段。下面是在数据表视图中为"产品"表中的"供应商 ID"字段创建查阅列表的操作步骤。

（1）打开"查阅向导"

打开"产品"表，右键单击"供应商 ID"字段，并选择快捷菜单的"查阅列"项（如图 1-4-16

图 1-4-15　产品表的查阅字段

所示)。打开"查阅向导",并在其第一个对话框中选中单选项

　　⊙ 使查阅列在表或查询中查阅数值

然后单击"下一步"按钮。

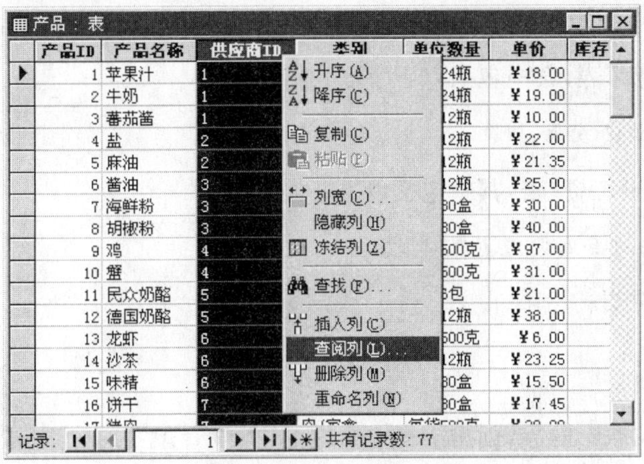

图 1-4-16　产品表的"供应商 ID"字段

　　(2) 选择为查阅列提供数值的表(或查询)

　　在"查阅向导"第二个对话框所提供的表(或查询)列中选择"供应商"表,并单击"下一步"按钮。在第三个对话框所提供的"可用字段"中选择"公司名称"字段,并单击"下一步"按钮,弹出如图 1-4-17 所示的第四个对话框。

　　选择"隐藏键列"复选项,并单击"下一步"按钮。

　　(3) 重命名查阅列并保存修改结果

　　在第五个对话框的"请为查阅列指定标签"文本框中输入"供应商",单击"完成"按钮,查阅向导将弹出消息框询问:"是否立即保存?",单击"是"即可保存修改结果并关闭"查阅向导"。

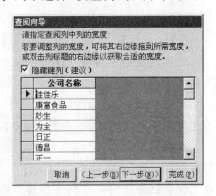

图 1-4-17　查阅向导的第四个对话框

至此,为"产品"表的"供应商 ID"字段创建了查阅列表,即隐藏了"供应商 ID"字段的实际值而代之以相应的来自"供应商"表的"公司名称"字段的值。

18. 写出下列表达式:

(1) 日期在 2001 年 3 月 1 日到 2002 年 3 月 1 日之间。

(2) 在 −10 到 10 之间,但不等于 0。

(3) 姓"温"但不包括"温世明"。

【参考解答】

(1) Between #01/3/1# And #02/3/1#

(2) >=−10 And <=10 And <>0

(3) '温' And Not '温世明'

19. 在 Access 中,按下列要求创建"工资管理"数据库:

(1) 使用向导创建数据库。

(2) 创建"职工登记"表,其中包括以下字段:

工号、姓名、性别、职务、出生年月、基本工资、电话、籍贯、特长。

(3) 创建"工资"表,其中包括以下字段:

工号、津贴、补助数、劳保、扣除。

(4) 创建"加班工资"表,其中包括以下字段:

工号、加班时间、加班时数、单位工时报酬。

(5) 保存数据库。

【参考解答】

略。

20. 不使用数据库向导,创建本章中介绍的"教学管理"数据库。要求:

(1) 在教师简况表中增添 OLE 对象型的"照片"字段,将给定的照片添加到记录中。

(2) 建立表与表之间的关系。

【参考解答】

略。

21. 什么是工作组? 它有什么作用?

【参考解答】

工作组就是在多用户环境中共享数据并有相同的工作组信息文件的一组用户。可以为组和组内的成员授予权限,规定其如何使用数据库中的对象。例如,规定有些用户组成员可以查看、输入或修改"顾客"表中的数据,但不能更改表的设计;另一些成员只允许查看包含订单数据的表,而不能访问"工资"表。

如果数据库设置为"用户级安全",工作组成员将记录在用户账号和组账号中,这些账号保存在 Access 工作组信息文件中。用户的密码也保存在工作组信息文件中。可以为这些安全账号指定对数据库及其对象的权限。权限本身将存储在安全数据库中。在启动时,Access 读取该数据库的工作组信息文件。

Access 提供两种默认的组：管理员组和用户组。当然，也可定义其他的组。默认的工作组是由安装程序在安装 Access 文件夹时创建的工作组信息文件中自动定义的。可以使用"工作组管理器"来指定其他的工作组信息文件，也可以创建新的 Access 工作组信息文件。

22. 为 Access 数据库设置密码与设置用户级安全有什么区别？

【参考解答】

设置数据库密码只能防止非法用户打开数据库，而在数据库打开之后，所有的数据库对象对于用户都是开放的。只有通过"用户级安全"，才能有效地维护数据库中对象的安全性。

设置用户级安全是设置数据库安全的最灵活和使用最广泛的方法。Access 在设置用户级安全时，数据库管理员或用户可以对数据库或数据库中的各种对象（表、查询、窗体、报表、页、宏和模块）定制相应的使用权限，不同的用户可以对同一个数据库或对象规定不同的许可授权。这种方法要求用户在启动 Access 时确认自己的身份并键入密码。

23. 利用向导创建一个数据库（自拟内容），并为其设置密码。

【参考解答】

下面是利用"库存控制"数据库向导创建一个数据库，并为其设置密码的操作步骤。

（1）创建一个数据库

在 Access 主窗口中，选择"文件"菜单的"新建"项，弹出"新建"对话框。

切换到"数据库"页，选定"库存控制"对象并单击"确定"按钮；或双击该对象，弹出"文件新建数据库"对话框，如图 1-4-18 所示。

在对话框中选择数据库文件的保存位置并给文件命名，然后单击"创建"按钮，弹出"数据库向导"对话框，如图 1-4-19 所示。

图 1-4-18 "文件新建数据库"对话框

图 1-4-19 "数据库向导"对话框

按向导的引导，依次完成数据库各个表中字段的选择、显示样式的选择、报表打印样式的选择等，最后单击"完成"按钮，数据库向导将自动完成创建"库存管理 1"数据库的工作。

（2）备份数据库

关闭"库存管理 1"数据库，使用 Windows 的"资源管理器"或"我的电脑"或 Microsoft

Backup 等其他备份软件,将数据库文件(扩展名为 .mdb)复制到磁盘或光盘上。

【注】 应同时创建工作组信息文件的备份。如果该文件丢失或损坏,则要等到还原或更新该文件时才能启动 Microsoft Access。

(3)设置数据库密码

在 Access 主窗口中,选择"文件"菜单的"打开"项,或单击数据库工具条上的"打开"按钮,弹出"打开"对话框。

选定"库存管理 1"数据库,单击"打开"按钮右侧的向下箭头,选择其中的"以独占方式打开"命令,打开"库存管理 1"数据库。

在数据库窗口中,选择"工具"菜单的"安全"子菜单的"设置数据库密码"命令,弹出"设置数据库密码"对话框。在其中的"密码"文本框中键入自己的密码。在"验证"文本框中再次键入密码确认,然后单击"确定"按钮。下一次打开"库存管理 1"数据库时,将显示要求输入密码的对话框。

24. 利用用户级安全向导,为刚建立的数据库设置用户级安全(自拟内容)。

【参考解答】

下面利用用户级安全向导为刚创建的"库存管理 1"数据库设置用户级安全。

(1)创建工作组信息文件

打开"库存管理 1"数据库。选择"工具"菜单的"安全"子菜单的"设置安全机制向导"命令,弹出"设置安全机制向导"的第一个对话框。

在对话框中选择"新建工作组信息文件"单选项,单击"下一步"按钮,弹出"设置安全机制向导"的第二个对话框,在其中进行工作组信息文件名称、工作组 ID 等的设置,如图 1-4-20 所示。

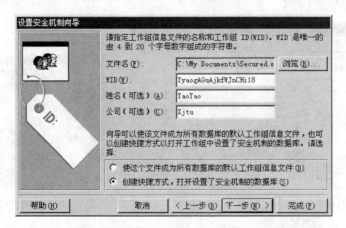

图 1-4-20 "设置安全机制向导"的第二个对话框

单击"下一步"按钮,弹出"设置安全机制向导"的第三个对话框,如图 1-4-21 所示。

(2)选择要设置安全机制的对象

切换到对话框的"所有对象"页,选定除"产品"和"送货方式"之外的全部复选项(即这两个对象不设安全机制),然后单击"下一步"按钮,弹出"设置安全机制向导"的第四个对

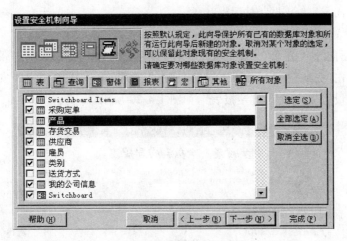

图 1-4-21 "设置安全机制向导"的第三个对话框

话框。

（3）确定工作组信息文件中要包含的组及其权限

在对话框中选择"完全数据用户组"复选框，单击"下一步"按钮，弹出"设置安全机制向导"的第五个对话框，在其中进行以下设置：

① 选择"是：是要授予用户组一些权限"单选项。

② 切换到数据库页，选择"打开/运行"复选项。

③ 切换到表页，选择"读取设计"、"读取数据"、"更新数据"、"插入数据"、"删除数据"复选项。

单击"下一步"按钮，弹出"设置安全机制向导"的第六个对话框，如图 1-4-22 所示。

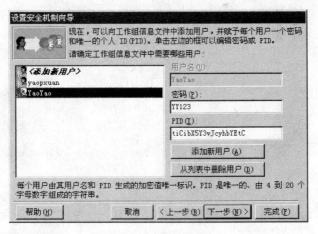

图 1-4-22 "设置安全机制向导"的第六个对话框

（4）给工作组信息文件中添加用户

在对话框的"用户名"文本框中输入"YaoYao"，在"密码"文本框中输入"YY123"，单击"添加新用户"按钮，在用户列表框中将显示新添加的用户名。单击"下一步"按钮，弹出

"设置安全机制向导"的第七个对话框。

（5）其他设置

在安全机制向导的引导下,继续完成工作组信息文件中的组、数据库备份副本名称的设置。最后,单击"完成"按钮,结束通过"用户级安全性向导"设置用户级安全的操作。屏幕上显示"单步设置安全机制向导报表",如图 1-4-23 所示。

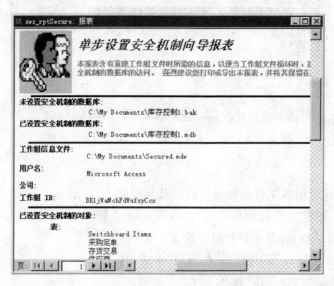

图 1-4-23　安全机制向导报表

第 5 章 查询

1. 与表相比较,查询有什么优点?

【参考解答】

查询是对存储在表中的数据进行查找,同时产生一个类似于表的结果数据集。这个结果集可以像表一样进行多种操作。例如,可以隐藏或显示字段,可以作为窗体、报表或数据访问页的数据源等。与表不同的是,查询可以将一个表中的指定数据或分散在多个表中符合查询条件的数据组合在一起,并按不同的方式来查看、更改、生成计算字段,进行统计分析等。使用查询所操作的数据记录集合在数据库中实际上是不存在的,只是在运行查询时,Access 才从查询源表的数据中创建。但正是这个特性,使查询具有了灵活方便的数据操纵能力。

2. 在 Access 中,查询可以完成哪些功能?

【参考解答】

在 Access 中,查询的功能大致如下:

(1) 通过查询可以浏览一个表中的指定数据或分散在多个表中符合查询条件的数据,可以分析数据或修改数据。

(2) 利用查询可以使用户的注意力集中在自己感兴趣的数据上,而将当前不需要的数据排除在查询之外。

(3) 将经常处理的原始数据或统计计算定义为查询,可以大大简化数据的处理工作。用户不必每次都在原始数据上进行检索,从而提高整个数据库的性能。

(4) 查询的结果集可用于生成新的基本表,可以进行新的查询,还可以为窗体、报表及数据访问页提供数据。由于查询是经过处理的数据集合,因而适合于作为数据源,通过窗体、报表或数据访问页提供给用户。

3. 选择查询、交叉表查询和参数查询有什么区别? 操作查询分为哪几种?

【参考解答】

选择查询是最常见的查询类型,它从一个或多个表中检索数据,在一定的限制条件下,还可以通过选择查询来更改相关表中的记录。也可以使用选择查询来对记录进行分组,并且对记录作总计、计数、平均以及其他类型的计算。

交叉表查询可以在一种紧凑的、类似于电子表格的格式中,显示来源于表中某个字段的合计值、计算值、平均值等。交叉表查询将这些数据分组,一组列在数据表的左侧,一组列在数据表的上部。

参数查询会在执行时弹出对话框,提示用户输入必要的信息(参数),然后按照这些信息进行查询。参数查询便于用作窗体和报表的基础。例如,以参数查询为基础创建月盈利报表。打印报表时,Access 显示对话框询问所需报表的月份。用户输入月份后,Access 便打印相应的报表。

操作查询是在一个操作中更改许多记录的查询,可以分为 4 种类型:删除查询、更新查询、追加查询和生成表查询。

4. 简述创建子查询的操作步骤。

【参考解答】

Access 将数据源为一个查询而不是一个表的查询称为子查询。创建子查询的操作步骤大致如下:

(1) 启动查询向导

在数据库窗口的"查询"页中,双击"使用向导创建查询"快捷方式,启动"简单查询向导"。

(2) 选择子查询的数据源

在"简单查询向导"的第一个对话框中,选择数据库中的一个查询,并选择子查询结果集中需要的字段。

(3) 选择查询种类、标题并执行查询

在"简单查询向导"的第二个对话框中,选择使用明细查询还是汇总查询。

① 如果选择了前者,则可在下一步对话框中指定标题后单击"完成"按钮执行查询并显示查询结果。

② 如果选择了后者,则单击"汇总选项"按钮,弹出"汇总选项"对话框,可在其中选择要求汇总的字段、汇总的类型(总计、求平均值、最大值、最小值)等,然后返回第二个对话框,向导可能还会要求确定分组方式等。

在下一步对话框中指定标题后单击"完成"按钮,则将执行查询并显示查询结果。

5. 查询设计器有哪几种打开的方法?查询设计网格中开始时一般显示哪几行?举例说明怎样调出其他行。

【参考解答】

以下几种方法都可以打开查询设计器:

(1) 在数据库窗口的"查询"页中,选定某个查询图标,然后单击数据库窗口上的"设计"按钮,将会打开该查询的设计视图。

(2) 双击某个查询图标打开查询,或用其他方法打开查询,然后单击"查询"工具条(主窗口上)上的"视图"按钮(此时为三角板、直尺、铅笔组合图标),切换到查询的设计视图。

(3) 在数据库窗口的"查询"页中,双击"在设计视图中创建查询"图标,打开空白的查询的设计视图和可以选择查询的数据源的"显示表"对话框。

(4) 在数据库窗口的"查询"页中,单击数据库窗口上的"新建"按钮,打开"新建查询"

对话框,并在其中选择"设计视图"项,打开空白的查询设计视图和可以选择查询的数据源的"显示表"对话框。

查询设计网格中开始时一般显示以下几行:
- "字段" 查询工作表中所使用的字段的名称。
- "表" 该字段取自的数据表。
- "排序" 确定是否按该字段排序以及按什么方式排序。
- "显示" 确定该字段是否在查询工作表中显示。
- "准则" 指定该字段的查询条件。
- "或" 提供多个查询准则。

可以在查询设计器中调出其他行,例如,单击"查询"工具条上的"合计"按钮,则会在查询设计网格中显示"总计"行。

6. 什么是查询的三种视图?各有什么作用?

【参考解答】

每个查询都可以显示为三种视图:设计视图、数据表视图和 SQL 视图。

查询的三种视图的作用分别为:

(1)设计视图 又称为查询设计器。在查询的设计视图中,可以完成新建查询的设计或修改已有的查询,这些设计或更改的内容自动反映到相应的 SQL 语句中去,因此,也可用于修改作为窗体、报表或数据访问页记录源的 SQL 语句。

(2)数据表视图 用于显示查询结果集。

(3)SQL 视图 可以输入和编辑 SQL 语句,通过 SQL 语句进行查询。

7. 在教学管理数据库中,用查询设计器创建以下查询:

(1)教师任课查询 包括字段:姓名、性别、课程名。

(2)电信学院教师任课查询 包括字段:姓名(电信学院)、性别、课程名。

【参考解答】

略。

8. 能否在查询设计器中修改表与表之间的关系?如果能,应该如何修改?

【参考解答】

可以在查询设计视图中修改表与表之间的关系。

查询的设计视图会为上下两部分,上半部分为数据表/查询输入区,下半部分为查询设计区(又称为 QBE 格式)。可以在上半部分修改表与表之间的关系。方法是:右击上半部显示的表与表之间的连线,并选择快捷菜单的"关系"项,打开关系窗口,然后在关系窗口中修改关系。

9. 参数和条件有什么区别?

【参考解答】

参数是在执行参数查询时由用户在自动弹出的对话框中输入的数据。参数与预先设置的条件拼装在一起,构成完整的条件,作为查询的依据。换句话说,参数是作为查询依据的条件的组成部分。

10. 写出与图 1-5-1 中的设置等效的条件表达式。

字段:	公司名称	地区	城市
表:	客户	客户	客户
排序:	升序		
显示:	☑	☑	☑
准则:	Like"联"		
或:		"华北"	

图 1-5-1 条件表达式

【参考解答】

公司名称 Like "联" or 地区＝"华北"

11. 举例说明在 Access 中使用多个条件的各种情况。

【参考解答】

假设一个查询中包含了"姓名"、"性别"和"籍贯"三个字段,那么,同时使用多个准则(复合条件)执行查询的三种情况分述如下:

(1) 查询姓张的女同学(同一行不同字段上的准则相"与")。

在"准则"行的"姓名"和"性别"列分别输入准则"Like'张 ＊'"和"女",如图 1-5-2(a)所示。

(2) 查询姓张的和姓王的同学(同一列不同行上的准则相"或")。

在"姓名"列的"准则"行和"或"行分别输入准则"Like'张 ＊'"和"Like'王 ＊'",如图 1-5-2(b)所示。

(3) 查询姓张的女同学,以及男同学中的湖南人。

先在"准则"行的"姓名"和"性别"列分别输入准则"Like'张 ＊'"和"女",然后在"性别"列和"籍贯"列的"准则"行输入准则"男 ＊"和"Like'湖北 ＊'",如图 1-5-2(c)所示。

12. 在教学管理数据库中,创建"各班学生平均成绩"查询,其中包括字段:学号、班级、平均成绩。

【参考解答】

略。

13. 在罗斯文数据库中,创建"产品库存"查询,其中包括字段:产品 ID、产品名称、单价、库存量、金额,其中"金额"字段为"单价"和"库存量"两个字段的乘积。

【参考解答】

略。

14. 用查询设计器修改主教材例 5-4 创建的"成绩 查询_交叉表"查询,要求添加计算每个学生的"平均分"的字段。

字段:	姓名	性别	籍贯
表:	学生	学生	学生
排序:	升序		
显示:	✓	✓	✓
准则:	Like"张＊"	女	
或:			

(a) 两个准则相"与"

字段:	姓名	性别	籍贯
表:	学生	学生	学生
排序:	升序		
显示:	✓	✓	✓
准则:	Like"张＊"		
或:	Like"王＊"		

(b) 两个准则相"或"

字段:	姓名	性别	籍贯
表:	学生	学生	学生
排序:	升序		
显示:	✓	✓	✓
准则:	Like"张＊"	女	
或:		男	Like"湖北＊"

(c) 四个准则先两两相"与"然后再"或"

图 1-5-2　多准则查询的例子

【操作步骤】

(1) 打开"成绩查询"设计视图

在数据库窗口的"查询"页中,选择"成绩查询",然后单击"设计"按钮,打开"成绩查询"设计视图,如图 1-5-3(a)所示。

(2) 添加计算字段"总分"和"平均分"

在"字段"行原有字段右侧的两个单元格中分别输入:

总分　[期中成绩]＊0.3+[期末成绩]＊0.7
平均分　[期中成绩]+[期末成绩]

如图 1-5-3(b)所示。

(3) 运行查询

单击"查询"工具条上的"数据库表视图"按钮,运行修改后的"成绩查询"并显示查询

(a) "成绩查询" 的原有设计

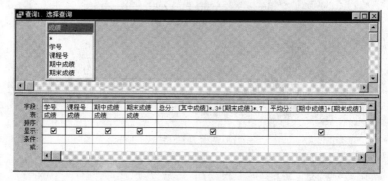

(b) 添加了两个计算字段的 "成绩查询"

图 1-5-3　添加了计算字段的查询

结果。

15. 在教学管理数据库中,创建一个查询,删除"学生"表中指定班级的学生的记录及他们在"成绩"表中的相关记录。

【参考解答】

略。

16. 在教学管理数据库中,创建一个查询,给"学生"表中插入几个学生的记录,要插入的源表的格式及内容自拟。

【参考解答】

略。

17. 在教学管理数据库中,创建一个查询,查找所有成绩在 60 分以上的学生的记录,并生成一个"通过学生"表,其中包括字段:学号、姓名、课程名、成绩。

【参考解答】

略。

18. SQL 查询语句与 Access 查询有什么关系?

【参考解答】

在 Access 中,查询一般是通过查询向导或查询设计器来创建的,从形式上看,只要按查询向导对话框的指引逐步回答 Access 的提问,或在查询设计器中通过选择字段、函数和输入表达式等直观的操作就可以构造 Access 的查询。但事实上,每创建一个 Access

查询都会自动形成 SQL 语句,设计过程中的每一个步骤都会成为 SQL 语句的组成部分;而且,在有些情况下,使用 SQL 语句会更为方便。例如,想把一个复杂的查询作为另一个对象(如窗体或报表)的数据源时,最好在 SQL 视图中打开基础查询,把其中的内容全部复制到剪贴板上,然后把它粘贴到窗体或报表的"记录源"属性框里。

19. 在罗斯文数据库中,创建一个联合查询,从"供应商"表和"客户"表中选择所有公司名称和城市名,并按城市的字母顺序对数据进行排序。

【参考解答】

相应的 SQL 语句为:

SELECT 公司名称, 城市
FROM 供应商
UNION
SELECT 公司名称, 城市
FROM 客户
ORDER BY 城市

20. 在教学管理数据库中,使用 SQL 语句创建以下查询:

(1) "创建总评成绩表"查询:创建"总评成绩"表,其中包括字段:学号、课程号、成绩。

(2) "追加成绩表数据"查询:将"成绩"表中所有数据追加到"总评成绩"表中。

(3) "修改总评成绩表字段名"查询:将"总评成绩"表中的字段名"成绩"修改为"考试成绩"。

(4) "总评成绩表插入字段"查询:在"总评成绩"表中插入"平时成绩"字段。

【参考解答】

相应的 SQL 语句为:

(1)

CREATE TABLE 总评成绩 (
                学号 TEXT(8),
                课程号 TEXT(6),
                成绩 INTEGER);

(2)

INSERT INTO 总评成绩 (学号, 课程号, 成绩)
SELECT 学号, 课程号, 成绩
FROM 成绩;

(3)

ALTER TABLE 总评成绩
ALTER COLUMN 成绩 考试成绩;

(4)

ALTER TABLE 总评成绩
ADD 平时成绩 INTEGER

第 **6** 章 窗体

1. 简述窗体的主要功能。

【参考解答】

窗体是用来和用户进行交互的界面。在窗体上可以放置控件,用于添加、删除和更新等各种操作,也可以在字段中输入、显示和编辑数据。在实际应用中,窗体一般用于创建包含菜单、工具栏和状态栏等控件的用户界面,窗体功能强大且设计灵活多样。

2. 窗体按照功能可分为哪几类?

【参考解答】

窗体按照功能可以分为以下 3 种类型。

(1) 数据维护窗体

数据维护窗体是 Access 中最基本、最常用的窗体,通过创建于表或查询的数据维护窗体,可以进行添加、删除、修改等各种数据维护操作。

(2) 开关面板窗体

开关面板窗体也就是应用程序的主画面,可以通过创建开关面板窗体来打开和调用数据库中的其他对象,如窗体、报表和数据访问页等。

(3) 自定义对话框

通过创建自定义对话框类型的窗体,可以接受用户的输入或选择,并根据用户提供的信息执行相应的操作。

3. 什么是控件?控件可分为哪几类?

【参考解答】

控件是窗体、报表和数据访问页中用于显示数据、执行操作,或装饰窗体和报表的对象。例如,文本框、命令按钮都是控件,可以用来在窗体上显示数据、打开另一个窗体等各种操作。

控件种类繁多,但按其使用方式大致可以分为 3 类。

(1) 绑定型控件

绑定型控件和一个数据源相联系,数据源是表或查询中的某个字段。向这种控件中输入一个值后,这个值将更新相关表的当前记录。大多数允许输入数据的控件都属于绑定型控件。

（2）非绑定型控件

非绑定型控件没有数据源，它们保留输入的值但不会更新表中的数据。可以使用这些控件显示文本、提示信息、图形图像等。非绑定型控件常用于在窗体、报表和数据访问页中增强表现效果。

（3）计算型控件

计算型控件的数据源是来自表或查询中的字段，或是由窗体、报表或其他控件的数据组成的表达式。这种控件可以用在窗体、报表的"计算字段"上，不能更新数据源中的数据。

应该注意，在窗体设计视图中，工具箱上可供选择的控件以及 Active X 控件本身并未严格地分为上述 3 类控件。例如，文本框既可以作为绑定型控件，也可以作为非绑定型控件，还可以作为计算型控件。

4. 与自动窗体比较，窗体向导有什么特点？

【参考解答】

窗体向导和自动窗体向导都可以代替用户完成创建窗体的基本工作，因而能加快窗体的创建过程。窗体向导虽然不如自动窗体直接、快捷，但在使用窗体向导设计窗体的过程中，用户能够在更多的设置选项中进行选择，从而可以更全面、灵活地控制窗体的数据来源和格式。例如，自动窗体只能基于某个表或查询，而窗体向导允许从表或查询中挑选字段；自动窗体套用默认的窗体样式，而窗体向导则允许在多种窗体样式中选择。因此，窗体向导是更为常用的一种创建窗体的方式。

5. 创建基于"教学管理"数据库的"学生"表的纵栏式、表格式和数据表式自动窗体。

【操作步骤】

下面以创建纵栏式自动窗体为例，说明创建和编辑自动窗体的方法。

（1）创建自动窗体

在数据库窗口的窗体视图中，单击数据库窗口上的"新建"按钮，打开"新建窗体"对话框，在其中选择"自动创建窗体：纵栏式"项，并选择"学生"表作为窗体的数据源，如图 1-6-1(a)所示。然后单击"确定"按钮，即可创建纵栏式自动窗体。

（2）修改自动窗体

打开刚设计好的窗体，并使用格式工具栏上的视图按钮切换到"窗体视图"，如图 1-6-1(b)所示。然后在设计视图中通过缩放、移动等方法修改各控件的大小、位置、标题以及其他属性。设计好的纵栏式自动窗体如图 1-6-1(c)所示。

按上述步骤设计好的表格式自动窗体和数据表式自动窗体分别如图 1-6-1(d)、图 1-6-1(e)所示。

【注】 因学生表中未输入照片，故基于该表的窗体上的照片框显示为空。

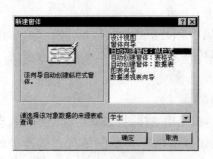
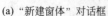

(a) "新建窗体"对话框

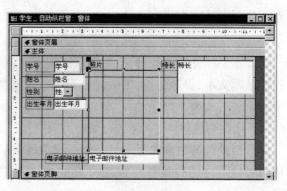

(b) 纵栏式自动窗体设计视图

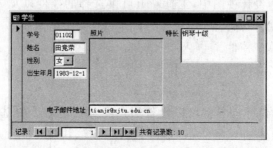

(c) 纵栏式自动窗体

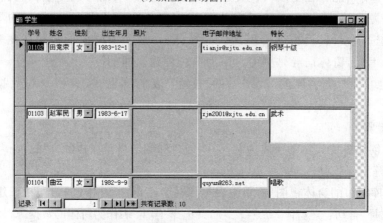

(d) 表格式自动窗体

(e) 数据表式自动窗体

图 1-6-1　基于学生表的各种自动窗体

6. 窗体有几种视图？各有什么作用？

【参考解答】

窗体的视图有 3 种类型："设计"视图、"窗体"视图和"数据表"视图。3 种视图的作用如下：

（1）"设计"视图

"设计"视图与表、查询的"设计"视图窗口一样，也是用来创建和修改设计对象的窗口，但其形式又与表、查询完全不同。

（2）"窗体"视图

"窗体"视图是能够同时输入、修改和查看完整的记录数据的窗口，可显示图片、其他OLE 对象、命令按钮以及其他控件。

（3）"数据表"视图

"数据表"视图以行列方式显示表、窗体或查询中的数据，可用于编辑字段、添加和删除数据以及查找数据。

7. 窗体设计视图的工作区分为几节？默认显示哪几节？如何显示其他节？

【参考解答】

在设计视图中，屏幕显示一个用于窗体创建或对窗体进行修改、添加等操作的工作区。通常，一个完整的工作区由 5 节组成。默认情况下，Access 只打开窗体的"主体"节。其余 4 部分可以根据需要进行添加，方法是：选择"视图"菜单的"页面页眉/页脚"或"窗体页眉/页脚"命令。

8. 属性窗口有什么作用？如何显示属性窗口？

【参考解答】

窗体或窗体上的每个控件都有自己的属性，图 1-6-2(a)和图 1-6-2(b)是两个属性窗口的例子。属性窗口中包括了相应的窗体或窗体上控件的位置、大小、外观，以及所要表示的数据等。属性窗口分为"格式"、"数据"、"事件"、"其他"和"全部"5 页，每页都包含若干个属性。可在属性窗口上通过直接输入或选择来设置属性。

(a) "科目"窗体的属性窗口　　　　(b) "课程名"窗体的属性窗口

图 1-6-2　属性窗口

打开属性窗口的方法有以下几种：

（1）将焦点移到要显示属性窗口的控件，然后选择"视图"菜单的"属性"命令。

（2）单击"窗体设计"工具条上的"属性"按钮。

（3）右击要显示属性窗口的控件，选择弹出菜单的"属性"命令。

9. 如何为窗体设定数据源？

【参考解答】

如果在"新建窗体"对话框中选择了一个表或查询，则在打开窗体设计视图的同时也设定窗体的数据源。否则，可按以下方式手动为窗体设定记录源。

（1）打开属性窗口

打开窗体或窗体上任一控件的属性窗口均可。

（2）切换到窗体的属性窗口

如果当前打开的不是窗体而是窗体上某个控件的属性窗口，可使用以下几种方法之一切换到窗体的属性窗口：

① 单击窗体设计视图的深灰色区域。

② 单击窗体设计左上角的"窗体选择器"（小方块），切换到窗体属性窗口的位置，如图 1-6-3(a)所示。

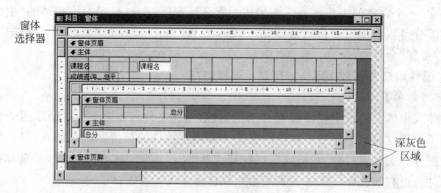

(a) 调用窗体属性窗口的位置

(b) 窗体属性窗口

图 1-6-3　设置窗体的数据源

③ 在"格式（窗体/报表）"工具条的"对象"组合框中选择"窗体"。

（3）设置窗体的数据源

选择属性窗口的"数据"页，并在"记录来源"组合框中选中"科目"表，如图 1-6-3(b)

所示。

10. 如何给窗体上添加数据绑定控件？如何设置控件和字段的绑定？

【参考解答】

如果在"新建窗体"对话框中选择了设计视图并选择了一个表或查询作为数据来源，则可按以下方法在窗体的设计视图上添加数据绑定控件。

单击"窗体设计"工具条上的"字段列表"按钮，显示所选定的表或查询的字段列表。选择列表中的某个字段，然后按住左键拖曳到窗体上合适的位置后放开，则自动出现相应的绑定控件，如图 1-6-4(a)所示。

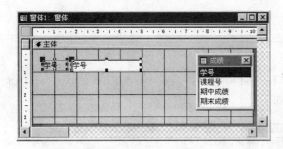

(a) 拖放得到绑定控件　　　　　　　　　　(b) 在控件中直接输入绑定的字段名

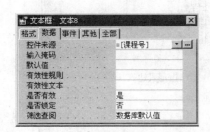

(c) 在属性窗口中输入绑定的字段名

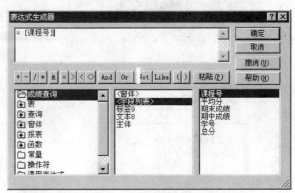

(d) 表达式生成器中选择字段名

图 1-6-4　添加数据绑定控件

如果已设定了数据来源的窗体上有未与字段绑定的控件，则可采用以下方法之一来设置控件和字段的绑定：

（1）直接输入

直接在未绑定的控件上输入"＝"号且后跟要绑定的字段名，如图 1-6-4(b)所示。

（2）利用属性对话框

① 右键单击未绑定的控件，并选择快捷菜单的"属性"项，打开属性对话框。

② 切换到对话框的"数据"页，在"控件来源"行中输入"＝"号且后跟要绑定的字段名，如图 1-6-4(c)所示。

③ 关闭属性对话框，则控件上出现"＝"号且后跟要绑定的字段名。

（3）利用表达式生成器

① 打开属性对话框,切换到"数据"页。

② 单击"数据"页的"控件来源"行右侧的┅按钮,打开表达式生成器。

③ 可以在表达式生成器左下方的列表框中看到窗体所关联的表或查询已被自动选定,单击中下方列表框中的"字段列表"项,则右下方列表框中显示关联表或查询的字段列表,单击"="按钮在上方的多行文本框中输入"="号,并单击右下方列表框中指定的字段名使其输入到"="号之后,如图1-6-4(d)所示。

④ 单击"确定"按钮,关闭表达式生成器,则属性对话框中出现"="号且后跟要绑定的字段名。

⑤ 关闭属性对话框,则控件上出现"="号且后跟要绑定的字段名。

11．举例说明如何创建计算型控件。

【参考解答】

假设已有一个与"成绩"表相关联的纵栏式自动窗体,如图1-6-5(a)所示,现要在该窗体上创建计算型控件"总分",其操作步骤如下:

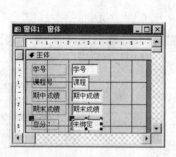

(a) 窗体上新添加的未绑定文本框

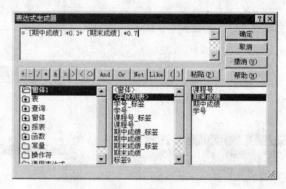

(b) 构造指定表达式

图 1-6-5　添加计算控件

（1）在窗体上添加控件

① 打开指定窗体,切换到设计视图。

② 单击工具箱上的"文本框"控件图标,在窗体上画出一个"文本框"控件,并调整其大小和位置。

（2）在控件上输入表达式

按以下几种方法之一在控件上输入表达式:

=[期中成绩] * 0.3+[期末成绩] * 0.7

① 直接输入表达式

直接在新添加的文本框上输入指定表达式。

② 利用属性对话框

右键单击新添加的文本框,并选择快捷菜单的"属性"项,打开属性对话框。切换到对话框的"数据"页,在"控件来源"行中输入指定表达式,然后关闭属性对话框,则文本框上出现刚输入的表达式。

③ 利用表达式生成器

打开属性对话框,切换到"数据"页。单击"数据"页的"控件来源"行右侧的 ⋯ 按钮,打开表达式生成器。单击表达式生成器中下方列表框中的"字段列表"项,则右下方列表框中显示"成绩"表的字段列表,在其中构造指定表达式,如图 1-6-5(b)所示。

然后关闭表达式生成器,再关闭属性对话框,则文本框上出现刚输入的表达式。

经过以上步骤之后,再切换到窗体的"窗体视图",即可看到在新添加的文本框(计算控件)中显示出来按指定表达式计算得到的结果。

12. 使用窗体设计视图,创建一个基于"教学管理"数据库中"学生"表的、名称为"学生窗体"的窗体。

【操作步骤】

(1) 打开数据库窗口

打开"成绩管理"数据库,显示数据库窗口,并切换到"窗体"对象页。

(2) 打开窗体设计视图并为窗体设定记录源

① 单击数据库窗口工具条的"新建"按钮,弹出"新建窗体"对话框。

② 在对话框的"选择该对象数据来源表或查询"组合框中选中"学生"表。

③ 单击"确定"按钮,打开窗体设计视图并显示"学生"表的字段列表。

(3) 在窗体上摆放数据绑定控件

将"学生"表的字段列表中的各个字段逐个拖放到窗体的主体节,并逐步调整各个控件的位置、大小以及其他属性。

(4) 保存所设计的窗体

最后单击窗体上的 ☒ 按钮,在弹出的消息框询问"是否保存对窗体的设计的更改"时,单击"是"按钮,在随后弹出的"另存为"对话框中输入窗体的名称:"学生窗体",然后单击"确定"按钮结束设计工作。设计好的窗体如图 1-6-6 所示。

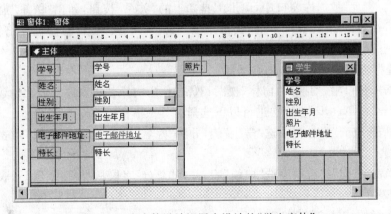

图 1-6-6　在窗体设计视图中设计的"学生窗体"

13. 子窗体与链接窗体有什么区别?

【参考解答】

子窗体与链接窗体是表示一个数据表(查询)和被关联的数据表(查询)中数据的两种

方式。一般地,用主窗体来表示主数据表(查询)中的数据,而用子窗体或链接窗体来表示被关联的数据表(查询)中的数据。

子窗体是嵌套在主窗体上的窗体。如果一个表与其他表创建了关系,则可以利用这种关系来创建子窗体,以实现同步操纵数据表中的数据。例如,可以用主窗体来显示产品名称,用子窗体来显示下订单的货主名称及其公司名称。在使用窗体向导设计子窗体时,向导会要求用户在"带有子窗体的窗体"和"链接窗体"单选项之间选择,如图1-6-7(a)所示。从图1-6-7(a)的示意图中可以看出主窗体和嵌入的子窗体之间的关系。

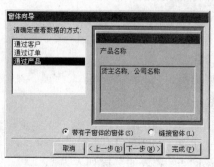

(a) 子窗体 　　　　　　　　　(b) 链接窗体

图 1-6-7　子窗体和链接窗体

链接窗体的作用与子窗体类似,但被链接的窗体(子数据表)显示为单个的或连续的窗体。从图1-6-7(b)的示意图中可以看出主窗体和链接窗体之间的关系。

14. 利用窗体向导创建基于"教学管理"数据库的"学生主窗体"和"成绩链接窗体"。

【操作步骤】

(1) 创建"学生"表和"成绩"表之间的关系

在"教学管理"数据库窗口中,单击工具条上的"关系"按钮,弹出"关系"窗口和"显示表"对话框,在对话框中选择"学生"表和"成绩"表,并在"关系"窗口中创建它们之间的关系,如图1-6-8(a)所示。

(2) 选择主窗体和子窗体的数据源

在数据库窗口中,切换到"窗体"视图,双击"使用向导创建窗体",启动创建窗体向导。在"窗体向导"的第一步中,依次进行以下选择:

① 在"表/查询"组合框中选"学生"表,并将"姓名"字段从"可用字段"列表移到"选定的字段"列表。

② 在"表/查询"组合框中选"成绩"表,并将"总分"字段从"可用字段"列表移到"选定的字段"列表。

以上选择的结果如图1-6-8(b)所示。

(3) 选择生成子窗体的方式

在"窗体向导"的第二步中,需要在生成子窗体的两种方式"带子窗体的窗体"和"链接的窗体"之间选择。本题中选择"通过学生"查看数据,并选中"链接的窗体"单选项,如图1-6-8(c)所示。

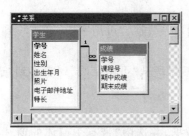

(a) 创建表与表之间的关系

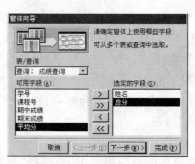

(b) 窗体向导——选择表/查询

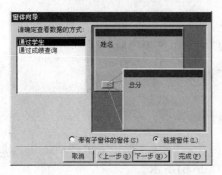

(c) 窗体向导——选择子窗体类型

(d) 生成的链接窗体

图 1-6-8　创建链接窗体的过程

（4）选择样式、标题等

在"窗体向导"的第三步中，选择"标准"窗体样式。

在"窗体向导"的第四步中选择两个窗体的标题。

- 第一个窗体："学生"。
- 第二个窗体："成绩查询"。

选择"打开主窗体查看或输入信息"单选项，然后单击"完成"按钮结束创建工作。上述操作所创建的主窗体及其单击"成绩"按钮后显示出来的链接窗体如图 1-6-8（d）所示。

15. 利用窗体向导创建基于"教学管理"数据库的"课程主窗体"和"成绩子窗体"。

【操作步骤】

（1）创建"课程"表和"成绩"表之间的关系

所创建的关系如图 1-6-9（a）所示。

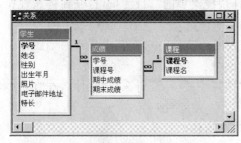

(a) 创建表与表之间的关系

(b) 生成的主窗体和子窗体

图 1-6-9　创建子窗体的过程

（2）选择主窗体和子窗体的数据源

启动创建窗体向导，并在其第一步中进行以下选择：

① 在"表/查询"组合框中选"科目"表，并将"课程名"字段从"可用字段"列表移到"选定的字段"列表。

② 在"表/查询"组合框中选"成绩"表，并将"总分"字段从"可用字段"列表移到"选定的字段"列表。

（3）选择生成子窗体的方式

在窗体向导的第二步中，选择"通过课程"查看数据，并选中"带有子窗体的窗体"单选项。

（4）选择子窗体布局 样式、标题等

在"窗体向导"第三步中，选择"表格"和"数据表"两个单选项的后一项。

在"窗体向导"第四步中，选择"标准"窗体样式。

在"窗体向导"第四步中选择两个窗体的标题。

- 第一个窗体："课程"。
- 第二个窗体："成绩查询 子窗体"。

选择"打开主窗体查看或输入信息"单选项，然后单击"完成"按钮结束创建工作。上述操作所创建的组合窗体（主窗体和子窗体）如图 1-6-9(b)所示。

16. 举例说明设置窗体背景色的几种方法。

【参考解答】

下面以给"学生窗体"添加背景色为例，说明设置窗体背景色的几种方法。

（1）使用"自动套用格式"功能

① 打开"学生窗体"，切换到设计视图。

② 选择"格式"菜单的"自动套用格式"项，或单击"格式"工具条上的"自动套用格式"按钮，弹出"自动套用格式"对话框，如图 1-6-10(a)所示。

③ 在对话框中的样式列表中选择"混合"样式。还可以单击"选项"按钮，在弹出的"应用属性"栏中选择"字体"、"颜色"和"边框"，或单击"自定义"按钮，然后对样式进行一定程度的修改。

④ 单击"确定"按钮，则窗体自动成为"混合"格式。

（2）使用图片作为背景

① 打开"学生窗体"，切换到设计视图。

② 单击"窗体选择器"或深灰色区域，选择快捷菜单的"属性"页，打开窗体属性窗口，并切换到"格式"页。

③ 单击"图片"行右侧的 按钮，打开"插入图片"对话框，在其中选择一幅图片，并单击"确定"按钮，则该行出现所选文件的路径名。

④ 分别在"图片类型"行选择"嵌入"，在"图片缩放模式"行选择"拉伸"，在"图片对齐方式"行选择"窗体中心"，如图 1-6-10(b)所示。

⑤ 关闭窗体属性窗口，则所选择的图片成为窗体的背景。

（3）在窗体设计视图中为各节设置不同的背景

① 打开"学生窗体"，切换到设计视图。

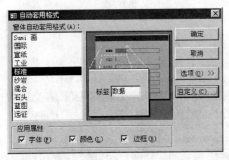

(a) "自动套用格式"对话框

(b) 设计视图的窗体属性窗口格式页

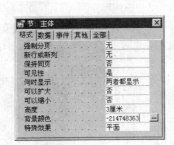

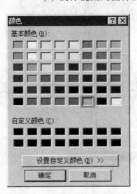

(c) 节属性窗口与调色板

图 1-6-10　设计"学生窗体"

② 右击某一节（主体、窗体页眉等），选择快捷菜单的"属性"页，打开窗体属性窗口，并切换到"格式"页。

③ 单击"背景颜色"行右侧的┉按钮，打开"颜色"对话框，选择一种颜色并单击"确定"按钮，则"背景颜色"行显示选定的颜色代码，如图 1-6-10(c)所示。

④ 关闭节属性窗口，则该节以指定的颜色作为背景。

可按以上方法设置其他节的背景。

17. 在"学生窗体"上创建一个用于定位记录的组合框。

【操作步骤】

（1）打开"学生窗体"

① 打开"学生窗体"，切换到设计视图。

② 选择"视图"菜单的"窗体页眉/页脚"项，或右键单击窗体主体，选择弹出菜单的"窗体页眉/页脚"项，显示窗体的页眉和页脚。这里不用页眉，故拖动其边界将其隐藏。

（2）添加组合框控件

打开"工具箱"窗口，确定其上的"控件向导"为按下状。单击"组合框"控件图标，在窗体页脚部分画出一个组合框，并弹出"组合框向导"对话框。这时学生窗体的设计视图如图 1-6-11(a)所示。

（3）设置组合框的定位记录功能

① 在组合框向导第一步中选择组合框类型："在基于组合框中选定的值而创建的窗

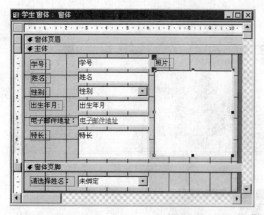

(a) 添加了组合框的学生窗体设计视图

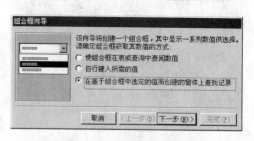

(b) "组合框向导" 的第一个对话框

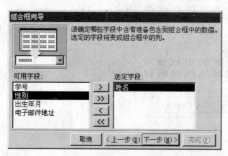

(c) "组合框向导" 的第二个对话框

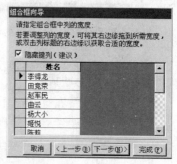

(d) "组合框向导" 的第三个对话框

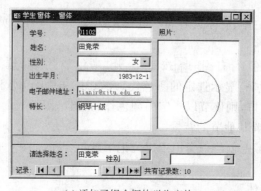

(e) 添加了组合框的学生窗体

图 1-6-11　在"学生窗体"上创建定位记录的组合框

体上查找记录",如图 1-6-11(b)所示。

　　② 在组合框向导第二步中选定字段:将"可用字段"中的"类别名称"字段添加到"选定字段"中,如图 1-6-11(c)所示。

　　③ 在组合框向导的第三步和第四步中,调整列的宽度,并给组合框指定标签内容。然后单击"完成"按钮。

　　至此,切换到窗体视图之后,学生窗体上便添加了一个组合框。可以在其中查找学生姓名,从而使窗体上显示指定学生的记录。

18. 在"学生窗体"上创建一个用于启动"成绩"窗体的按钮。

【操作步骤】

（1）打开"学生窗体"，切换到设计视图。

（2）将命令按钮放到窗体上。

打开工具箱，确定工具箱中的"控件向导"按钮已按下。单击工具箱上的"命令按钮"按钮，在窗体上画出一个命令按钮，便会弹出"命令按钮向导"对话框。

（3）设置命令按钮。

① 在"命令按钮向导"第一步中，选择"类别"列表中的"窗体操作"项，选择"操作"列表中的"打开窗体"项，然后单击"下一步"按钮，如图 1-6-12（a）所示。

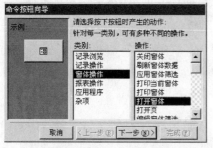

(a) "命令按钮向导" 第一个对话框

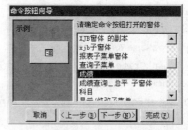

(b) "命令按钮向导" 第二个对话框

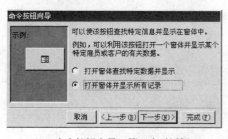

(c) "命令按钮向导" 第三个对话框

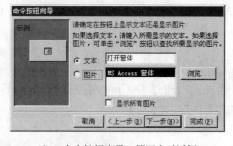

(d) "命令按钮向导" 第四个对话框

(e) 添加了命令按钮的学生窗体

图 1-6-12　在"学生窗体"上创建命令按钮

② 在"命令按钮向导"第二步中，选择要打开的窗体："成绩"，如图 1-6-12（b）所示。

③ 在"命令按钮向导"第三步中,选择窗体打开的方式:"打开窗体并显示所有记录",如图 1-6-12(c)所示。

④ 在"命令按钮向导"第四步中,选择"文本"单选项,即要在命令按钮表面显示文字而不是图片,如 1-6-12(d)所示。

⑤ 在"命令按钮向导"最后一步中,输入"打开成绩窗体"作为该命令按钮的名称,并单击"完成"按钮。

至此,命令按钮向导便会按照上面提供的信息创建一个用来打开"成绩"窗体的命令按钮。如果单击该按钮,则将打开"成绩"窗体,如图 1-6-12(e)所示;而且还会为该命令按钮自动添加相应的事件代码,从而实现通过单击该按钮打开"产品调整表窗体"的功能。下面是命令按钮向导自动生成的事件代码。

```
Private Sub 打开窗体_Click()
On Error GoTo Err_打开窗体_Click
    Dim stDocName As String
    Dim stLinkCriteria As String
    stDocName="产品调整表窗体"
    DoCmd.OpenForm stDocName, , , stLinkCriteria
Exit_打开窗体_Click:
    Exit Sub
Err_打开窗体_Click:
    MsgBox Err.Description
    Resume Exit_打开窗体_Click
End Sub
```

这段代码通过 DoCmd 对象执行 OpenForm 宏,从而实现通过单击该按钮打开"学生调整表窗体"的功能。

第 7 章 VBA 程序设计

1. VBA 和 VB 有什么联系和区别?

【参考解答】

VBA(Visual Basic for Application)是 Microsoft Office 系列软件的内置编程语言。VBA 的语法与独立运行的 VB(Visual Basic)编程语言互相兼容。这两种产品虽然在开发环境、编写程序和调试程序方面基本相同,它们所提供的工具、命令以及大多数语法成分也都是相同的,但 VBA 和 VB 仍有许多明显的区别。例如:

(1) 使用 VB 在 Windows 环境中编写通用程序比 VBA 方便,但使用 VBA 编写 Office 应用程序则比 VB 方便得多。例如,在 Access 中,当某个特定的任务不能用 Access 对象来实现或实现起来较为困难时,如果利用 VBA 编写代码,则可以很容易地完成这些特殊、复杂的操作。但如果转而使用 VB 来编写相同功能的代码,则编程的过程要麻烦得多,所编写的代码也要复杂得多。

(2) VBA 允许用户使用指向基本 Office 应用程序的对象模型的直接链接。虽然 VB 也能与 Office 应用程序的对象相互作用,但较为困难一些。VBA 中所有相关的 Office 应用程序的功能都是可以立即使用的。

(3) VB 中有许多将数据捆绑在对话框上来设计数据库的扩展工具,以及与客户机/服务器中的服务器或者基于 Web 的应用程序相互作用的扩展工具。

(4) VB 要专门购置得到,而 VBA 是随 Microsoft Office 软件一起提供的,经济上无需额外开销。

2. VBA 和 Access 有什么关系?

【参考解答】

在 Access 数据库中,可以包含一些代码模块,这些模块是使用 VBA 编程工具来编写的。

Access 本身能提供基本的数据库操作,且具有强大的向导机制和方便的用户操作界面,不必编程也可创建完整的数据库;但编程可使数据库的功能更加完善,且使数据库的用户界面更为丰富多彩。

Access 和 Office 中的其他软件共享一个 VBA。VBA 功能强大,具有面向对象机制和可视化的编程环境,适合初学者学习和使用。

3. 什么是对象？对象的属性和方法有什么区别？

【参考解答】

一个对象就是一个实体，如一个人、一个学生、一个公司的雇员等。每种对象都有各种各样的属性。例如，可用学生的学号、姓名、入学总分等属性来把一个学生和其他学生区分开来。也就是说，一组属性可以定义一般对象的一个实例。例如，学生"张京"的一组属性和学生"王莹"的一组属性分别定义了学生对象的两个不同实例。

（1）Access 是一种面向对象的开发环境，Access 本身以及使用 Access 创建的 Access 数据库中都包含了对象的运用。例如：在 Access 中，将一个数据库中所包含的不同的数据表现形式称为对象，包括表对象、查询对象、窗体对象、报表对象、宏对象、模块对象和数据访问页对象。数据库窗口将可供选择的对象排列在一起，形成不同的类。

（2）窗体对象中还可以包含其他对象，这种对象就是控件。窗体上的控件可以定义自己的外观和行为。

（3）在 VBA 中，还可以使用范围十分广泛的一组可编程结构，如"记录集"、"表定义"对象等。

对象的属性和方法是封装在一起的对象的两个方面的描述。对象的属性是描述对象的数据，其中的一个属性是对象某一方面情况的描述。对象的方法就是对象所能执行的操作，一个方法完成某一方面的操作。

对象的属性按它们所归属的对象类的不同而不同。例如，学生具有各门课的分数、入学总分等属性，公司雇员具有工资数额、工作任务、工作业绩等属性，它们的属性集合是互不相同的；当然，它们也有相同的属性，如姓名、年龄、性别等。

对象的每一个方法在程序中都是由封装在一起的一组语句来实现的。

4. Me 关键字有什么作用？

【参考解答】

Me 关键字是隐含声明的变量。适用于类模块中的每个过程。当类有多个实例时，Me 在代码正在执行的地方提供引用具体实例的方法。例如，下面过程的功能是使用窗体上一组控件的值来更新另一组控件的值。

```
Private Sub 客户 ID_AfterUpdate()
    '基于"客户 ID"组合框选定的值更新"货主"控件。
    Me!货主名称=Me!\[客户 ID\].Column(1)
    Me!货主地址=Me!地址
    Me!货主城市=Me!城市
    Me!货主地区=Me!地区
    Me!货主邮政编码=Me!邮政编码
    Me!货主国家=Me!国家
End Sub
```

在这个过程中，Me 用来代表当前窗体，例如 Me! \[客户 ID\]. Column(1)表示当前窗体上的"客户 ID"组合框的当前值，而语句 Me! 货主名称＝Me! \[客户 ID\]. Column(1)则表示将这个值赋给当前窗体上的"货主名称"控件。同样地，语句 Me! 货主地址＝Me! 地址表示将当前窗体上"地址"控件的值赋给当前窗体上的"货主地址"控件。

5. 什么叫做"事件过程"？它有什么作用？

【参考解答】

事件过程是当所关联的事件发生时自动执行的程序代码。事件可以是用户或程序代码启动的,也可以是系统触发的。

VBA 最重要的特征是它的事件驱动机制,即代码中特定的过程将会在特定事件被触发的条件下执行。事件常与用户的操作,如单击、双击、按键等相关联。例如,在为一个命令按钮编写的事件处理过程中用 VBA 语句定义了一些操作,则当程序运行后,用户单击按钮时,所定义的事件过程就会启动执行。

6. VBA 的属性窗口有什么作用？

【参考解答】

属性窗口列出所选对象的各种属性,如大小、形状、颜色、标题、位置、相关联的属性过程等。在属性窗口中,可以设置或编辑这些属性的值,从而达到定制用户界面或程序代码的目的。

7. 举例说明 VBA 代码窗口的自动显示信息功能的用途？

【参考解答】

假定窗体上有一个名为"品名"的文本框控件,则当键入"品名"后,VBA 代码窗口中自动显示该控件的属性列表和事件列表,选择列表中某一项,相应的内容便会自动跳到当前光标处,成为代码的一部分。

如果用户键入的是一个过程名或函数名(VBA 预定义或用户自定义),则 VBA 代码窗口中自动显示该过程或函数的参数表。选择列表中某一项后,相应的内容也会自动跳到当前光标处,成为代码的一部分。

利用这种功能,可省去记忆或翻查控件的属性列表、事件列表以及过程或函数的参数表的麻烦。

8. 为什么要声明变量？未经声明而直接使用的变量是什么类型？

【参考解答】

声明变量有两个作用:一是指定变量的数据类型;二是指定变量的适用范围,即在应用程序中可以引用的变量的作用域。VBA 应用程序不要求在使用变量前明确地进行声明。未经声明而使用的变量默认为 Variant 类型。

9. 如果 x 是 integer 型变量,那么,下面语句有什么错误？怎样更正？

```
List1.AddItem "x="+x
```

【参考解答】

该语句在运行时,会因类型不匹配而弹出如图 1-7-1 所示的消息框。应改为:

```
ListBox1.AddItem "x="+CStr(x)
```

图 1-7-1　语句运行时弹出的消息框

10. 能否在一个数组中同时存储几种不同类型的数据？如果能，请举例说明；如果不能，请说明原因。

【参考解答】

一般情况下，数组元素应具有相同的数据类型，但当数组元素的数据类型为 Variant 时，各个数组元素也可以包含不同类型的数据。有两种方式可以创建 Variant 值的数组。

(1) 声明 Variant 类型的数组，例如：

```
Dim varData(3) As Variant
varData(0)="2002-12-8"
varData(1)="王建邦"
varData(2)=38(2)
```

(2) 指定 Array 函数所返回的数组为一个 Variant 变量，例如：

```
Dim varData As Variant
varData=Array("2002-12-8", "王建邦", 38)
```

11. 编程序，求解一元二次方程 $ax^2+bx+c=0$。要求：

(1) 考虑根的所有可能的情况。

(2) 求根时四舍五入，精确到两位小数。

【参考解答】

(1) 打开 VBE(VBA 编辑器)

① 创建一个空数据库，并切换到"窗体"页。

② 单击"新建"按钮，弹出"新建窗体"对话框，选择列表中的"设计视图"项，并单击"确定"按钮，打开窗体设计视图。

③ 右键单击窗体选择器(窗体左上角的方按钮)，弹出"窗体"属性窗口。先切换到"其他"页，将其中"内含模块"的值设置为"是"；再切换到"事件"页，如图 1-7-2(a)所示。

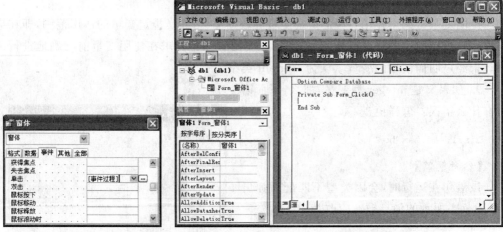

(a) 窗体属性窗口　　　　　　　　　(b) VBA 窗口

图 1-7-2　计算学生成绩程序的设计

④ 单击"单击"行右侧的⋯按钮,打开 VBA 窗口,如图 1-7-2(b)所示。

(2) 在代码编辑器中输入窗体模块的内容

```
Private Sub Form_Click()
    Dim a%, b%, c%, d!
    Dim x, x1, x2
    Dim p, q, r
    a=InputBox("请输入 a 的值")
    b=InputBox("请输入 b 的值")
    c=InputBox("请输入 c 的值")
    d=b * b-4 * a * c
    p=-b/(2 * a)
    If a=0 Then
        x=-c/b
        MsgBox "x="+CStr(x)
    ElseIf d<0 Then
        q=Sqr(-d)/(2 * a)
        MsgBox "x1="+CStr(p)+"+"+CStr(q)+"i"+"   "+"x2="+CStr(p)+"+"+CStr(q)+"i"
    ElseIf d>0 Then
        r=Sqr(d)/(2 * a)
        x1=p+r
        x2=p-r
        MsgBox "x1="+CStr(x1)+"   "+"x2="+CStr(x2)
    Else
        x1=p
        x2=p
        MsgBox "x1=x2="+CStr(x1)
    End If
End Sub
```

(3) 运行程序

① 关闭 VBA 窗口,返回窗体设计视图,并切换到窗体视图。

② 单击窗体(窗体左侧的竖条)执行 Form_click,将会依次弹出要求输入 a、b、c 三个变量的对话框,按对话框的要求逐个输入。输入完毕后,将会弹出一个消息框,显示计算得到的一元二次方程的根。

12. 运输公司对用户计算运费。路程越远,每公里运费越低。运费标准如下:

路程<250km	无折扣
250≤路程<500km	2％折扣
500≤路程<1000km	5％折扣
1000≤路程<2000km	8％折扣
2000≤路程<3000km	10％折扣
3000≤路程	15％折扣

编程序,输入单价和路程,输出运费。

【参考解答】

窗体模块的内容如下:

```
Private Sub Form_Click()
    Dim 路程 As Single
    Dim 单价 As Single
    Dim 折扣 As Single
    Dim 运费 As Single
    路程=InputBox("请输入路程")
    单价=InputBox("请输入单价")
    If 路程<250 Then
        折扣=0
    ElseIf 路程<500 Then
        折扣=0.02
    ElseIf 路程<1000 Then
        折扣=0.05
    ElseIf 路程<2000 Then
        折扣=0.08
    ElseIf 路程<3000 Then
        折扣=0.1
    Else
        折扣=0.15
    End If
    运费=路程 * 单价 * (1-折扣)
    MsgBox "运费:"+CStr(运费)
End Sub
```

13. 编程序,实现学生登记。要求:

(1) 使用"用户自定义数据类型"声明一个"学生"变量,其中包括学生的"学号"、"姓名"、"性别"、"出生年月"和"入学成绩"。

(2) 输入 5 个学生的情况,求全体学生"入学成绩"的平均值,并输出每个学生的"学号"和"入学成绩"以及全体学生的平均成绩。

【参考解答】

(1) 编程方法

① 创建一个空数据库,并切换到"窗体"页。

② 单击"新建"按钮,弹出"新建窗体"对话框,选择列表中的"设计视图"项,并单击"确定"按钮,打开窗体设计视图。

③ 在窗体上添加一个文本框,命名为"成绩表"。

④ 右键单击窗体选择器(窗体左上角的方按钮),弹出"窗体"属性窗口。先切换到"其他"页,将其中"内含模块"的值设置为"是";再切换到"事件"页,如图 1-7-3(a)所示。

⑤ 单击"单击"行右侧的┅按钮,打开 VBA 窗口,如图 1-7-3(b)所示。

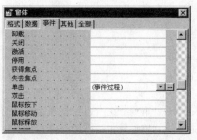

(a) 窗体属性窗口

(b) VBA 窗口

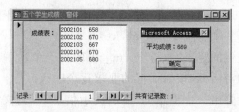

(c) 学生成绩窗口

图 1-7-3　计算学生成绩程序的设计

⑥ 在 VBA 窗口中声明用于表示学生记录的用户自定义数据类型(窗体模块中的用户自定义类型必须加上 Private)及其变量,并编写两个事件处理过程,其中的窗体单击事件用于输入学生记录,文本框双击事件用于输出学生成绩表和平均成绩。

(2)窗体模块的内容

```
Option Compare Database
Private Type student
    学号 As String
    姓名 As String
    性别 As String
```

```
    出生年月 As Date
    入学成绩 As Single
End Type
Dim 学生表(1 To 10) As student
Private Sub Form_click()
  For i=1 To 5
      学生表(i).学号=InputBox("第"+CStr(i)+"个学生的学号:")
      学生表(i).姓名=InputBox("第"+CStr(i)+"个学生的姓名:")
      学生表(i).性别=InputBox("第"+CStr(i)+"个学生的性别:")
      学生表(i).出生年月=InputBox("第"+CStr(i)+"个学生的出生年月:")
      学生表(i).入学成绩=InputBox("第"+CStr(i)+"个学生的入学成绩:")
    Next i
    MsgBox "双击文本框显示学生成绩表"
End Sub
Private Sub 成绩表_DblClick(Cancel As Integer)
  Dim GradeStu As String
  For i=1 To 5
      GradeStu=GradeStu+学生表(i).学号+"   "+CStr(学生表(i).入学成绩)+vbCrLf
      AvgGrade=AvgGrade+学生表(i).入学成绩
    Next i
    成绩表.Text=GradeStu
    AvgGrade=AvgGrade / 5
    MsgBox "平均成绩:"+CStr(AvgGrade)
End Sub
```

(3) 程序的运行

① 关闭 VBA 窗口,返回窗体设计视图,并切换到窗体视图。

② 执行窗体单击事件过程(Form_click())

单击窗体(窗体左侧的竖条)执行 Form_click,将会依次弹出要求输入每个学生的学号、入学成绩等数据的对话框,按对话框的要求逐个输入。

输入完毕后,将会弹出一个消息框,显示提示信息"双击文本框显示学生成绩表",单击"确定"按钮关闭它。

③ 执行文本框双击事件过程(成绩表_DblClick(Cancel As Integer))

双击文本框,将依次显示每个学生的学号和学习成绩。

14. 编写一个子过程,给定义为

```
Dim curExpense(364) As Currency
```

的数组中每个元素都赋予一个初始值 20。

【参考解答】

略。

15. 编程序,输入参数 n、m,求组合数 $C_n^m = \dfrac{n!}{m! \ (n-m)!}$ 的值。

【提示】 编写求阶乘的函数过程,在求组合数时多次调用。

【参考解答】

略。

16. 举例说明,在定义一个变量时,怎样才能满足以下要求:

(1) 限制该变量只能在当前过程中使用。

(2) 使该变量可以在本模块内使用。

(3) 使该变量在过程调用结束后仍然保持其值。

【参考解答】

略。

17. 属性过程的作用是什么?有哪些特点?

【参考解答】

可以用属性过程为窗体、报表和类模块增加自定义属性。有 3 种属性说明语句:
Property Get、Property Let 和 Property Set。可以使用这些语句为窗体增加特别的属性。
Property Get 语句和与之配对的 End Property 语句可以像函数一样返回一个值。仅用
Property Get 语句定义的属性是只读的。如果只有查看的权限而无权更改(如存款和信
用等级),则最好设置只读属性。

还有一些属性需要不读取而改变。例如,数据库安全管理员不必知道他们所管理的
用户密码,但当用户忘记密码时,要能重写这些密码。在这种情况下,可以用 Property
Let 语句和与之配对的 End Property 语句设置密码。

许多属性是既可读又可写的,需要同时使用 Property Get、Property Let 或 Property
Set;这时 Property 语句必须使用同一名称,以便指向同一属性。

18. 编程序:新建一个"产品名"表,其中有"品名"和"单价"字段,在表中输入 5 条记
录。新建一个窗体,放置一个名为"品名列表"的列表框控件和一个名为"平均单价"的文
本框,分别显示"品名"和"平均单价"。

【参考解答】

窗体模块的内容如下:

```
Option Compare Database
Private Sub Form_Load()
    Dim db As Database                        '声明数据库对象变量
    Dim recName As Recordset                  '声明记录集对象变量
    Dim strName As Field                      '声明字段对象变量
    Dim IntPrice As Field                     '声明字段对象变量
    Dim TingName(5) As String                 '声明一个存放"品名"的数组
    Dim AvgPrice As Integer                   '声明一个存放"平均单价"的变量
    Dim intI As Integer                       '声明一个整型变量
    Set db=CurrentDb()                        '指定数据库为当前数据库
    Set recName=db.OpenRecordset("产品名")      '将"产品名"表读入记录集
    Set strName= recName! \[品名\]              '指定记录集"品名"字段
    Set IntName= recName! \[单价\]              '指定记录集"单价"字段
    intI=0
    Do Until recName.EOF
```

```
        TingName(intI)=strName              '将"姓名"字段读入数组
        AvgPrice=0.5*(AvgPrice+Intname)     '求"单价"字段平均值
        intI=intI+1
        recName.MoveNext                    '读取记录集的下一行记录
    Loop
    '以下为将数组赋给姓名列表的代码
    Me.品名列表.RowSourceType="值列表"
    Me.品名列表.RowSource=TingName(0)
    For intI=1 To 3
        Me.品名列表.RowSource=Me.品名列表.RowSource & ";" & TingName(intI)
    Next intI
    平均单价.Text=AvgPrice
End Sub
```

19. 编程序：给"教学管理"数据库添加一个"选修课成绩"表。要求：

(1) 包括"学号"、"姓名"、"科目"、"成绩"4 个字段。

(2) 显示消息框，提示用户输入 5 个学生的情况，并将输入添加到数据库中。

【参考解答】

```
Option Compare Database
Dim strName As String                      '声明表名变量
Private Sub com删除_Click()
    strName=Me.txt表名                     '给表名变量赋值
    On Error GoTo 删除表_Err
    DoCmd.DeleteObject acTable, strName     '删除名为 strName 变量所指定的表
删除表_Exit:
    Exit Sub
删除表_Err:
    MsgBox strName & "表不存在或已被删除"    '捕获错误并传递消息
    Resume 删除表_Exit
End Sub
Private Sub com新建_Click()
    strName=Me.txt表名                     '给表名变量 strName 赋值
    On Error GoTo 新建表_Err
    '声明数据库变量、新表变量以及 4 个字段变量
    Dim db As Database
    Dim tb As New TableDef
    Dim fldIDStudent As New Field
    Dim fldName As New Field
    Dim fldCource As New Field
    Dim fldGrade As New Field
    '指定数据库并为新表指定名称
    Set db=CurrentDb()
    tb.Name=strName
    '定义学号字段的名称、数据类型并保存到新表
```

```
    fldIDStudent.Name="学号"
    fldIDStudent.Type=dbText
    tb.Fields.Append fldIDStudent
    '定义姓名字段的名称、数据类型并保存到新表
    fldName.Name="姓名"
    fldName.Type=dbText
    tb.Fields.Append fldName
    '定义科目字段的名称、数据类型并保存到新表
    fldCource.Name="科目"
    fldCource.Type=dbText
    tb.Fields.Append fldCource
    '定义成绩字段的名称、数据类型并保存到新表
    fldGrade.Name="成绩"
    fldGrade.Type=dbText
    tb.Fields.Append fldName
    '将新表保存到数据库中
    db.TableDefs.Append tb
    '提示输入数据
    msgbox"请输入第1个学生的记录"
新建表_Exit:
    Exit Sub
新建表_Err:
    MsgBox strName & "表已存在"                '如果该表已存在,则显示消息框提示错误
    Resume 新建表_Exit
End Sub
```

第 **8** 章 模块与宏

1. 模块可以分为哪几类？它们之间有什么区别？

【参考解答】

模块是将 VBA 声明和过程作为一个单元保存起来的集合。类模块和标准模块是 VBA 模块的两种基本形式。它们各自的特点及区别如下：

（1）类模块

类模块是定义类的模块，其中包含类的属性和方法的定义。类模块有 3 种基本形式：窗体类模块、报表类模块和自定义类模块。

窗体类模块和报表类模块各自与某一窗体或报表相关联。为窗体或报表创建第一个事件过程时，Access 将自动创建与之关联的窗体或报表类模块。窗体和报表类模块通常都含有事件处理过程，这种过程用于响应窗体或报表中的事件。利用它们对用户操作的响应，如单击某个命令按钮等，来控制窗体或报表的行为。

在 Access 中，类模块既可以在与窗体或报表相关联时出现，也可以脱离窗体或报表而独立存在，并且这种类型的模块可以在"数据库"窗口的"模块"页中显示。

可以创建自定义类模块。这种模块包含特定概念（如一个雇员、一个账户等）的方法（函数或过程）和属性。可以像引用 Access 内置类一样引用自定义类的方法和属性，还可以套用自定义类模块来创建类的实例。创建一个类实例时，也就创建了一个新对象。模块中定义的任何对象都会变成此对象的属性或方法。

（2）标准模块

标准模块包含的是通用过程和常用过程。这些过程不与 Access 数据库文件中的已有对象相关联，但可以在数据库的任何其他对象中引用标准模块中的过程。

2. 窗体与类模块有什么联系？

【参考解答】

窗体是由窗体类模块定义的，窗体类模块是类模块中的一种。除窗体类模块之外，还有报表类模块和自定义类模块。

3. 举例说明创建类模块的方法。

【参考解答】

可以套用自定义模块来创建类的实例（由类模块定义的对象）。下面的代码将新建一个"Employees"窗体的实例，然后将它分配给一个 Form 类型的变量：

```
Dim frm As New Form_Employees
```

4. 举例说明怎样使用 VBA 代码创建对象。

【参考解答】

对象就是类的实例,因此,上一题中的语句就是创建了一个窗体对象的 VBA 代码。

5. 编写一个类模块,使用 Application 对象打开"教学管理"数据库中的"学生"表。

【参考解答】

```
Dim appAccess As Access.Application '声明 Application 对象变量
Private Sub 显示窗体()
    '设置表示数据库文件的路径的常量
    Const 路径="D:\Program Files\Microsoft Office\OFFICE11\SAMPLES\"
    '设置表示数据库文件路径名的常量
    strDB=路径 & "教学管理.mdb"
    '新建 Access 实例
    Set appAccess= CreateObject("access.Application")
    '使用 OpenCurrentDatabase 方法打开数据库
    appAccess.OpenCurrentDatabase strDB
    '打开子对象 DoCmd.的 OpenForm 方法打开数据库中一个窗体
    appAccess.DoCmd.OpenForm "学生"
End Sub
```

6. 什么叫做监视式? 怎样设置监视式?

【参考解答】

监视式是用户定义的表达式。如果设置了监视式,则当程序运行到符合赋值条件的语句时,就会进入中断模式。

设置监视式的方法是:

(1) 选择"调试"菜单的"添加监视"选项,打开"添加监视"对话框,如图 1-8-1 所示。

(2) 在"表达式"文本框中,输入监视表达式。这个表达式可以是一个变量、属性、函数调用或者其他 VBA 表达式。

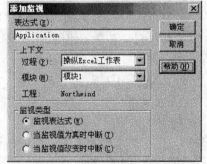

图 1-8-1 "添加监视"对话框

例如,如果表达式为"X＝""",则当变量 X 的值为空字符串时,监视式生效,此后有三种处理方式:

第一,默认为不中断。此时只会记录表达式结果的变化,程序仍会继续运行。

第二,监视值为真时中断。本例中,当变量 X 的值为空字符串时中断。

第三,当监视式有变化时中断。

监视表达式会在每次进入中断模式时,或在执行立即窗口中的每个语句后,自动在监视窗口中更新。

7. VBE 的立即窗口、本地窗口各有什么作用?

【参考解答】

立即窗口和本地窗口是调试程序时使用的两种窗口,可以在 VBA 窗口中用"视图"

菜单的命令打开这两种窗口。它们的作用为：

（1）立即窗口

立即窗口显示来自代码中调试语句的信息，或直接键入窗口的命令所生成的信息。立即窗口可以说是最方便的代码开发和调试工具。在其中可以进行以下几方面的工作：

① 检测可能有问题的代码或新编写的代码。

② 在执行应用程序时查询或改变变量的值。当应用程序中断时，将一个新值赋给程序中的变量。

③ 在执行应用程序时查询或改变属性值。

④ 在代码中调用某个必要的过程。

⑤ 当运行应用程序时查看调试结果的输出。

（2）本地窗口

本地窗口可以自动显示出所有在当前过程中的变量声明及变量值。当程序在一个断点时，本地窗口包含一个 Me 对象，可以展开 Me 和它的选中组件来查找所有的变量和属性。如果想要获得一切细节以便确定程序是如何运行的，那么这种方式是非常有效的。

如果本地窗口是可见的，则从执行方式切换到中断模式或操纵堆栈中的变量时，它就会自动重新显示。

8. 简述 ADO 库的组成。

【提示】 可使用 VBE 的"帮助"菜单。

【参考解答】

Access 2003 支持多种版本的 ADO，如 ADO 2.5 等。ADO 系统由三个主要的库组成：ADO（包括 RDS）、ADO MD 和 ADOX。

（1）ADO 库

使用 ADO 库，客户端应用程序能够通过 OLE DB 提供者访问和操作数据库服务器中的数据。它具有易于使用、速度快、内存需求低且占用外存空间少的优点。ADO 支持用于建立客户端/服务器和基于 Web 的应用程序的主要功能。

（2）ADO MD 库

ADO MD（ActiveX Data Objects Multidimensional）库提供了使用各种程序设计语言（Visual Basic、Visual C++、Visual J++ 等）访问多维数据的功能。ADO MD 扩展了 ADO 的功能，增加了专用于多维数据的对象（如 CubeDef、Cellset）。使用 ADO MD，可以浏览多维模式、查询立方和检索结果。

（3）ADOX 库

ADOX（ActiveX Data Objects Extensions for Data Definition Language and Security）库是 ADO 对象和编程模型的扩展。ADOX 包括用于安全性以及创建和修改模式的对象。因为它是基于对象的模式操作方法，所以用户可以编写在各种数据源上都能运行的代码，而不必考虑它们原生语法的差异。

9. 怎样使用 ADO 的 Command 对象对数据源执行 SQL 命令？模仿主教材的例 8-4 编写一个程序，使用 Command 对象执行一条简单的 SQL 语句。

【参考解答】

```
Option Compare Database
```

```
Sub MySelect()
    Dim cnn1 As New ADODB.Connection
    Dim cmd1 As ADODB.Command
    Dim rst1 As ADODB.Recordset
    '创建与其他数据库的连接
    cnn1.Open "Provider=Microsoft.Jet.OLEDB.4.0;" & "Data Source=C:\教学管理.mdb;"
    '定义并执行命令,从"选修"表中选择所有"课程 ID"字段的值
    Set cmd1= New ADODB.Command
    With cmd1
        .ActiveConnection= cnn1
        .CommandText= "Select 课程 ID from [选修]"
        .CommandType= adCmdText
        .Execute
    End With
    '将返回集赋予结果集
    Set rst1= New ADODB.Recordset
    rst1.CursorType= adOpenStatic
    rst1.LockType= adLockReadOnly
    rst1.Open cmd1
    Debug.Print rst1.RecordCount
End Sub
```

10. 编程序:在"成绩管理"数据库中,查找并输出有选修课成绩且"数学"成绩在
80 分以上的学生的姓名。

【提示】 在"教学管理"数据库的"学生"表和新建的"选修课成绩"表中进行关联
查找。

【参考解答】

略。

11. 宏有什么优点?宏与 VBA 各适用于什么情况?

【参考解答】

宏是一个或多个操作的集合,其中每个操作实现特定的功能。例如,打开某个窗体或
打印某个报表。宏可以按照宏中的动作顺序自动执行一系列操作,也就是说,宏可以把
表、查询、窗体、报表等各种对象集合成应用程序系统,以方便使用。

一般来说,对于不能使用控件完成的特定操作,可以创建宏,也可以编写 VBA 代码
来完成。通常,对于简单的细节操作,如打开和关闭窗体、显示和隐藏工具栏或运行查询
等,可以使用宏来完成,而对于那些不能用宏来完成的复杂操作,则必须使用模块来实现。
当然,能够用宏完成的操作同样可以用模块来完成。

12. 分析罗斯文示例数据库的"供应商"宏、"雇员(分页)"宏和"客户电话列表"宏的
结构与功能。

【提示】 可利用 Access 的帮助来了解宏中各种操作的功能。

【参考解答】

下面分析"供应商"宏的部分内容。

"供应商"宏由多个宏组组成,其中前两个的内容如表1-8-1所示。

表 1-8-1 "供应商"宏

宏　名	条　件	操　作	参　数	参　数　的　值
增加产品		Echo	打开回响	否
			状态栏文字	
		Close	对象类型	窗体
			对象名称	产品列表
			保存	否
		OpenForm	窗体名称	产品
			视图	窗体
			筛选名称	
			Where 条件	
			数据模式	增加
			窗口模式	普通
		SetValue	项目	［Forms］!［产品］!［供应商 ID］
			表达式	［供应商 ID］
		GoToControl	控件名称	类别 ID
回顾产品		Echo	打开回响	否
			状态栏文字	
	IsNull (［供应商 ID］)	MsgBox	消息	转移到您要看的产品的供应商记录。
			发嘟嘟声	是
			类型	无
			标题	选择供应商
	…	GoToControl	控件名称	公司名称
	…	StopMacro		
		OpenForm	窗体名称	产品列表
			视图	窗体
			筛选名称	
			Where 条件	［供应商 ID］＝［Forms］!［供应商］! ［供应商 ID］
			数据模式	只读
			窗口模式	普通
		MoveSize	右	1.981cm
			下	4.571cm
			宽度	
			高度	

（1）"增加产品"宏组

"增加产品"宏组使用"供应商"窗体中的一个按钮打开"增加产品"窗体，以便用户输入新产品记录。它由5个操作组成：

① Echo 操作禁止在宏执行时的屏幕显示。

② Close 操作关闭将要在增加新产品之后更新的"产品列表"窗体。

③ OpenForm 操作打开"产品"窗体，以便用户输入新产品记录。

④ SetValue 操作将"产品"窗体中的"供应商 ID"控件设置为"供应商"窗体中的当前供应商。

⑤ GoToControl 操作将焦点移到"类别 ID"字段，以便输入新产品的类别数据。

"增加产品"宏组可以附加到"供应商"窗体的"增加产品"按钮上，替代窗体模块中的相应代码。

（2）"回顾产品"宏组

"回顾产品"宏组根据用户选择的供应商记录，打开相应的"产品列表"窗体，其中显示该供应商所提供的产品的数据。它由6个操作组成：

① Echo 操作禁止在宏执行时的屏幕显示。

② MsgBox 操作在"供应商"窗体未显示具体的供应商数据时，提示用户选择一个供应商记录，以便查看相应的产品列表。

③ GoToControl 操作在"供应商"窗体未显示具体的供应商数据时，将焦点移到"公司名称"控件，这样，在用户选择了某个供应商记录之后，将会突出显示供应商名称（公司名称），以便用户确认。

④ StopMacro 操作在"供应商"窗体未显示具体的供应商数据时，停止当前运行的宏。

⑤ OpenForm 操作根据"供应商"窗体中显示的供应商记录，打开"产品列表"窗体，并显示当前供应商所提供的产品数据。

⑥ MoveSize 操作把"产品列表"窗体定位在"供应商"窗体内的右下方。

【注】 "供应商"宏中的其他宏组，以及"雇员（分页）"宏和"客户电话列表宏"的结构与功能请读者自行分析。

13. 设计一个宏，打开"产品"表，分别查找"产品名称"为"牛奶"的记录和"库存量"大于100的记录。

【参考解答】

按题意设计的"产品查找宏"的内容如表1-8-2所示。执行宏的方法如下：

（1）查找"产品名称"为"牛奶"的记录

选择"工具"菜单的"宏"子菜单的"执行宏"项，弹出"执行宏"对话框。选择"产品查找宏.按产品查找"项（如图1-8-2所示）并单击"确定"按钮。

（2）查找"库存量"大于100的记录

选择"工具"菜单的"宏"子菜单的"执行宏"项，弹出"执行宏"对话框。选择"产品查找宏.按库存量查找"项，并单击"确定"按钮。

表 1-8-2 "产品查找宏"的操作及参数值

宏　　名	操　　作	参　　数	参　数　的　值
按品名查找	OpenTable	表名称	产品
		视图	数据表
		数据模式	编辑
	ApplyFilter	筛选名称	
		Where 条件	[产品]![产品名称]="牛奶"
按库存量查找	OpenTable	表名称	产品
		视图	数据表
		数据模式	编辑
	ApplyFilter	筛选名称	
		Where 条件	[产品]![库存量]>100

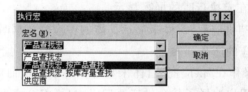

图 1-8-2 "产品查找宏"

第 9 章　报表和数据访问页

1. 报表和数据访问页的数据输出功能有什么不同？

【参考解答】

如果要将数据发布到 Internet、Intranet 上，或通过电子邮件发布数据，只能使用数据访问页而不能使用报表。如果要打印发布的数据，那么使用报表比使用数据访问页（或窗体）的效果要好。

2. 简述并比较窗体和报表的形式和用途。

【参考解答】

窗体是用来和用户进行交互的界面，窗体上可以放置各种控件，以类似于填空的方式来显示数据，接收用户的输入或选择，并根据用户提供的信息执行相应的操作。窗体可以设计成简单明了的形式；也可以精心制作成具有图形、线条、自动查找等各种功能，且以对话框来引导操作的复杂形式。如果要直接在表中查看、输入和更改数据，就可以创建窗体。打开窗体时，Access 检索来自表中的数据，并使用设计窗体时设置的布局在屏幕上显示数据。

报表是以打印的形式来表现（打印或在屏幕上预览）数据的一种定制的对象。报表同窗体一样可简可繁，报表既可以用简单的表格、图表来表现数据，也可以设计成特殊用途的表现形式，如邮件标签、清单、信函和发票等。如果要以一定的打印方式来表现数据或分析数据，就可以创建报表。

3. 在 Access 数据库的对象：窗体、报表和数据访问页中，哪些主要是用做输入数据的？哪些主要是用做输出数据的？

【参考解答】

窗体主要用做输入数据。报表和数据访问页主要用做输出数据。

4. 作为查阅和打印数据的一种方法，与表和查询相比，报表具有哪些优点？

【参考解答】

报表中的大部分内容是从表、查询（或 SQL 语句）中获得的。与表和查询相比，报表在查阅和打印数据方面有以下优点：

（1）报表不仅可以执行简单的数据浏览和打印功能，还可以对大量原始数据进行比较、汇总和小计。

（2）报表可以生成清单、订单以及用户需求的其他输出形式，从而灵活多样地表达数据与数据之间的联系。

5. 创建报表的方式有哪几种？各有哪些优缺点？

【参考解答】

创建报表有 3 种方式：使用自动报表、使用报表向导和在报表设计视图中直接创建。

(1) 使用自动报表方式来创建报表最为快捷方便，只要选择了记录源（表或查询），Access 会自动完成报表的创建工作。自动报表有以下缺点：

① 只能采用一个表或查询作为数据源而不能同时选择多个表或查询。

② 使用记录源中的所有字段而不能选择字段。

③ 将最近使用过的报表格式作为新报表的格式，而不能对布局、版面、格式等进行选择。

(2) 使用报表设计视图来创建报表时，所有的工作，包括给报表上添加各种控件、设置数据源、调整布局、设置格式等，都由用户自己来完成，比自动报表要麻烦得多，但也灵活得多。它的主要优点如下：

① 可以灵活选择多个表或查询作为数据源。

② 可以灵活地使用不同表或查询中的任意多个字段。

③ 可以灵活地对布局、版面、格式等进行设置。

④ 可以对报表进行分组、排序，或计算汇总数据等。

⑤ 可以对使用自动报表方式或使用报表向导所创建的报表进行修改。

(3) 使用报表向导创建报表时，向导将提示用户输入有关记录源、字段、版面以及所需格式，并根据回答来创建报表，其特点介乎自动报表和报表设计视图之间。这种方式的优缺点分别是：可以选择多个表或查询作为数据源，可以选择使用不同表或查询中的多个字段，也可以对版面、格式等进行选择性的设置；但也因此比自动报表的创建过程要烦琐，速度要慢，同时比使用设计视图创建时的选择范围要小。

6. 使用报表向导，创建一个基于"成绩管理"数据库中的"成绩查询"查询的报表。

【注】 本题使用在报表设计视图中设计报表的方法。使用报表向导设计报表的方法可参照主教材及本书第 5 章中窗体的设计方法来完成。

【参考解答】

(1) 打开报表设计视图

① 打开"教学管理"数据库，切换到报表页。

② 选择"在设计视图中新建报表"项，打开报表设计视图。

(2) 设计报表标题

① 在"页面页眉"节添加一个"标签"控件，在其中输入"学生成绩表"。

② 右击标签，弹出其属性窗口，切换到"格式"页，在其中将字体设定为"华文新魏"，将字号设定为 16。

(3) 设计报表内容

① 右击报表选定器（报表设计视图左上角的方形按钮），弹出窗体属性窗口，切换到"数据"页，在其中将"记录源"设定为"成绩查询"，弹出成绩查询字段列表。

② 逐个将列表中各个字段拖放到报表的主体节。

③ 逐个右击各字段对应的文本框,弹出其属性窗口,切换到"格式"页,在其中将字体设定为"宋体",将字号设定为12。

④ 在"页面页眉"节和主体节各画一条直线。

设计好的学生成绩报表的设计视图如图1-9-1(a)所示。

(a) 学生成绩报表设计视图

(b) 学生成绩报表

图1-9-1　学生成绩报表的设计

(4) 保存并预览报表

① 单击"保存"按钮,弹出"另存为"对话框,输入报表名称并单击"确定"按钮,保存设计好的报表。

② 单击"数据库窗口"上的"预览"按钮,预览设计好的报表,如图1-9-1(b)所示。

7. 使用图表向导,创建一个基于"教学管理"数据库中的"成绩查询"查询的、包含"各科目平均成绩"图表的报表。

【参考解答】

(1) 启动图表向导

① 打开"教学管理"数据库,切换到报表页。

② 单击"新建"按钮,打开"新建报表"对话框,选择"图表向导"项,并选择"成绩交叉表"查询作为数据源,如图1-9-2(a)所示。

【注】 这里为了更具代表性,选用了成绩交叉表查询作为数据源。

(2) 设计图表

① 在"图表向导"的第一个对话框中,将"学号"、"总分"和"平均分"字段从"可用字段"列表框导入到"用于图表的字段"列表框,如图1-9-2(b)所示。

② 在"图表向导"的第二个对话框中,选择"折线图"作为新建图表的类型,如图1-9-2(c)所示。

③ 在"图表向导"的第三个对话框中,向导已自动将"总分"作为汇总字段,将"学号"作为分组字段;现在将"平均分"拖放到预览图上汇总字段的位置,如图1-9-2(d)所示。

(3) 保存并预览图表

在"图表向导"的第四个对话框中,指定图表的标题,并进行"是否显示图例"、"打开报

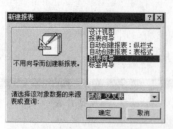

(a) "新建报表" 对话框

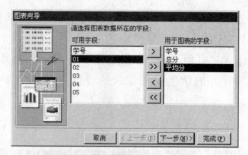

(b) "图表向导" 第一个对话框

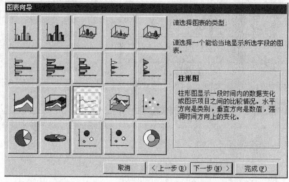

(c) "图表向导" 第二个对话框

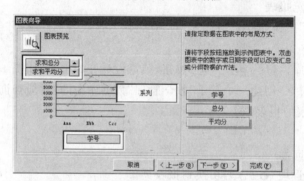

(d) "图表向导" 第三个对话框

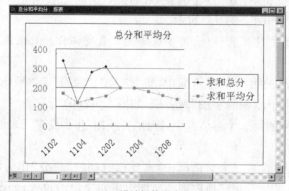

(e) 设计好的图表

图 1-9-2　总分和平均分图表的设计

表并在其上显示图表"等选择,然后单击"完成"按钮,保存设计好的报表。这时,报表将会自动打开并显示新创建的图表,如图1-9-2(e)所示。

8. 报表分节有什么意义?如果设计视图中的报表只有主体节,那么应如何添加其他节?

【参考解答】

在报表设计视图中,按节来划分报表上不同的区域。每一节都有其特定的目的,而且按一定的顺序显示在报表上。例如,主体节包含报表数据的详细内容,报表数据源中各条记录一般都放在主体节中。又如,报表页眉中的内容一般是对整个报表的概括,如报表的标题、公司的徽标以及打印日期等。

如果设计视图中的报表只有主体节,则可按以下几种方法添加其他的节:

(1) 选择"视图"菜单的"窗体页眉/页脚"命令来添加窗体的页眉和页脚,再次选择则隐藏窗体的页眉和页脚。

(2) 选择"视图"菜单的"页面页眉/页脚"命令来添加页面的页眉和页脚,再次选择则隐藏页面的页眉和页脚。

(3) 如果在设计报表时选择了按某个字段(如"学号")分组,则主体节之上自动添加该字段的组页眉(如"学号页眉"),可按以下方法添加组页脚。

① 选择"视图"菜单的"排序与分组"项,或单击报表设计工具条的"排序与分组"按钮,弹出"排序与分组"对话框,如图1-9-3所示。

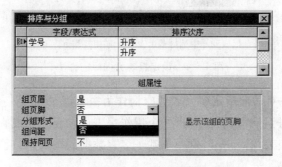

图1-9-3 "排序与分组"对话框

② 在对话框下半部分"组页脚"行中,将其值设置为"是"。

9. 如何为报表指定记录源?

【参考解答】

为报表指定记录源的操作可以分为以下几种情况:

(1) 在"新建报表"对话框中指定报表记录源

在"新建报表"对话框中,有一个选择记录源的下拉列表框,可用来选择一个表或查询作为报表的记录源。

(2) 在窗体属性对话框中指定报表记录源

如果在"新建报表"对话框没有为报表指定记录源而直接打开了报表设计视图,则可利用窗体属性对话框来指定报表的记录源。方法是:右击"报表选定器",弹出报表属性窗口,切换到"数据"页,然后在"记录源"下拉列表框中选择一个表或查询作为报表的记录源,如图 1-9-4(a)所示。

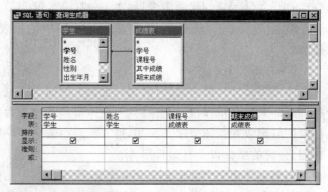

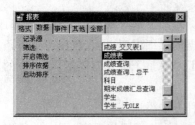

(a) 报表属性窗口

(b) 在查询生成器中选择多个表或查询中的字段

(c) 在报表向导中选择多个表或查询中的字段

图 1-9-4　设定报表数据源的方法

（3）在窗体属性对话框指定多个表或查询作为报表记录源

在"新建报表"对话框中，只能选择一个用作报表记录源的表或查询；如果要创建基于多表(查询)的数据报表，必须先创建一个基于多表数据的查询，然后基于多表查询来创建所需的报表。方法是：

① 单击"记录源"格右侧的按钮，弹出查询生成器和显示表对话框。

② 双击某个表，或先选定某个表再单击"添加"按钮，将对话框中列举的几个表或查询拖放到查询生成器上半部分，如图 1-9-4(b)所示。

③ 从查询生成器上半部分显示的几个表或查询中将某些字段拖放到下半部分网格中，再进行"准则"、"排序"等的设计，然后关闭查询生成器。

④ 关闭窗体属性窗口。

（4）使用报表向导指定多个表或查询作为报表记录源

① 在数据库窗口的报表页中，选择"使用向导创建报表"项，启动"报表向导"。

② 在"报表向导"第一个对话框中，先在"表/查询"列表框中选择表或查询，然后将"可用字段"列表中某些字段导入到"选定的字段"列表中。可选择并导入多个表或查询中的指定字段，如图 1-9-4(c)所示。

10. 创建基于"教学管理"数据库的"学生成绩单报表"及其"标明不及格成绩"的子报表。

【参考解答】

(1) 创建"不及格成绩"查询

① 打开"教学管理"数据库,切换到查询页,选择"在设计视图中创建查询"项,打开查询设计器。

② 将"成绩"表添加到查询设计器中。

③ 将字段列表中的"学号"、"课程号"字段添加到查询设计网格中。

④ 创建计算字段,在网格第三列的"字段"格输入:

总评成绩:[成绩]![期中成绩]＊.3+[成绩]![期末成绩]＊.7

在第三列的"准则"格输入:<60

⑤ 以"不及格成绩"的名称保存查询。

(2) 创建"标明不及格成绩子报表"

① 在"教学管理"数据库窗口中,切换到报表页,选择"在设计视图中创建报表"项,打开报表设计视图。

② 右击报表选定器(报表设计窗口左上角的方块型按钮),并选择快捷菜单的"属性"项,打开报表属性对话框。

③ 切换到"数据"页,并在"记录源"行的下拉列表中选择"不及格成绩"查询作为数据源。

④ 将"课程号"和"总评成绩"拖放到"主体"节,然后删除两个相应的标签,如图 1-9-5(a)所示。

⑤ 以"标明不及格成绩子报表"的名称保存报表。

(3) 创建将作为主报表的"学生成绩单报表"

① 在"教学管理"数据库窗口中,切换到报表页,选择"使用向导创建报表"项,启动报表向导。

② 选择"成绩"表作为数据源,并选择全部四个字段"学号"、"课程号"、"期中成绩"和"期末成绩"作为报表中的字段。

③ 选择按"学号"字段分组。

④ 创建计算字段:给主体节添加一个文本框,右键单击它,弹出属性对话框,在其"数据"页的"控件来源"行键入:

=[期中成绩]＊0.3+[期末成绩]＊0.7

并将相应的标签控件拖放到页面页眉上。

⑤ 以"学生成绩单报表"的名称保存报表。

(4) 创建组合报表

① 打开将要作为主报表的"学生成绩单报表",同时将弹出工具箱,切换到设计视图。

② 单击报表设计工具条的"排序与分组"按钮,弹出"排序与分组"对话框,在其中将"学号"的"组页脚"设置为"是",给窗体上添加"学号页脚"。

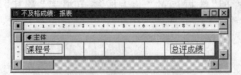

(a) "不及格成绩" 报表设计视图

(b) "学生成绩单报表" 设计视图

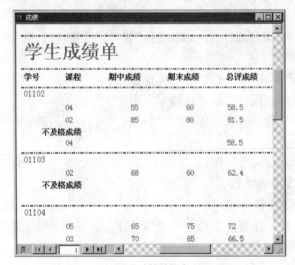

(c) 学生成绩单报表

图 1-9-5　创建组合报表

③ 单击工具箱中的"子窗体/子报表"按钮,然后在学号页脚中适当的位置上画出"子报表"控件,并自动启动"子报表向导"。

④ 在向导对话框选择"标明不及格成绩子报表"作为数据来源。

⑤ 在向导对话框中输入"不及格成绩"作为组合报表中子报表的标题,并单击"完成"按钮。此时,组合报表"学生成绩单报表"的设计视图如图 1-9-5(b)所示。

⑥ 切换到"版面预览"视图查看组合报表的设计效果（如图 1-9-5（c）所示），然后关闭报表窗口，结束设计组合报表的工作。

11. 在第 6 题中创建的报表之上进行以下操作：

（1）使用"自动套用格式"。

（2）改变字体和字号。

（3）添加背景图片。

【参考解答】

略。

12. 在第 10 题创建的"学生成绩单报表"中添加完成以下功能的控件：

（1）求每个学生的总平均成绩。

（2）求全体学生各门课的成绩。

【参考解答】

略。

13. 什么是报表快照？报表快照有什么功能？

【参考解答】

一个报表快照就是一个文件，它以 .snp 为扩展名。如果要在 Access 数据库中输出或发送某一报表，则可将其导出为报表快照文件进行操作。报表快照是报表对象的副本，它保存着 Access 报表中所有设计和嵌入的对象，但不允许用户编辑。使用报表快照的优点是，无须安装 Access 即可查看报表。

通过报表快照可以在 Access 开发环境之外浏览、打印或发布报表。可以使用快照浏览器或使用 Web 浏览器（如 IE 等）浏览和打印报表，也可以使用电子邮件程序来传递发布报表。使用快照浏览器可以方便地预览或打印报表快照，而且和在 Access 数据库中打印的报表完全相同。

14. 数据访问页有哪几种类型？

【参考解答】

数据访问页按其用途可分为以下几种：

（1）交互式报表

这种数据访问页经常用于合并和分组保存在数据库中的信息，然后发布数据的总结。例如，可用一个数据访问页来发布开展业务的每个地区的销售业绩。交互式报表也提供用于排序和筛选数据的工具条按钮，但不能在这种数据访问页上编辑数据。

（2）数据输入

这种数据访问页用于查看、添加和编辑记录。

（3）数据分析

这种数据访问页包含一个数据透视表列表，与 Access 的数据透视表窗体或 Excel 数据透视表报表很像，允许重新组织数据，并以不同的方式分析数据。这种页可以包含一个图表，以便分析趋势、发现模式以及比较数据库中的数据。这种页还可以包含一个电子表格，可以在其中输入和编辑数据，并像在 Excel 中一样使用公式进行计算。

15. 数据访问页的存储与其他数据库对象有什么不同？

【参考解答】

数据访问页作为独立的文件存储在 Access 数据库和 Access 数据库项目文件之外，在数据库窗口显示的是该文件的快捷方式。而 Access 数据库的其他对象都存储在一个扩展名为.mdb 的文件中，这些对象都显示在数据库窗口的对象列表中。

16. 如何预览数据访问页？

【参考解答】

略。

17. 创建数据访问页的方式有哪几种？各有哪些优缺点？

【参考解答】

创建数据访问页有 3 种方式：使用"自动数据页"，使用数据页向导，在数据页设计视图中直接创建。

（1）使用自动数据页最为快捷方便。只要选择了记录源（表或查询），Access 会自动完成数据访问页的创建工作。但它有以下缺点：

① 只能采用一个表或查询作为数据源而不能同时选择多个表或查询。

② 使用记录源中的所有字段而不能选择字段。

③ 将最近使用过的报表格式作为新报表的格式而不能对布局、版面、格式等进行选择。

（2）在数据页设计视图中直接创建数据访问页时，所有的工作，包括给报表上添加各种控件、设置数据源、调整布局、设置格式等，都要由用户自己来完成，比自动数据页麻烦，但也灵活。它的主要优点如下：

① 可以选择多个表或查询作为数据源。

② 可以使用不同表或查询中任意多个字段。

③ 可以对布局、版面、格式等进行设置。

④ 可以对报表进行分组、排序或计算汇总数据等。

⑤ 可以对使用各种方式所创建的数据访问页进行修改。

（3）使用自动创建数据页向导时，向导将提示用户输入有关记录源、字段、版面以及所需格式，并根据回答来创建数据访问页。其特点介乎"自动数据页"和数据页设计视图之间。这种方式的优缺点分别是：可以选择多个表或查询作为数据源，可以选择使用不同表或查询中的多个字段；但也因此比自动数据页的创建过程要烦琐，速度要慢，同时比使用设计视图创建时的选择范围要小。

18. 使用"数据页向导"，创建一个基于"教学管理"数据库的、关于学生成绩的数据访问页，该页以"成绩查询"为数据源，并使用其中的"课程号"字段进行分组。

【参考解答】

（1）启动数据访问页向导

① 打开"教学管理"数据库，切换到"页"页。

② 选择"使用向导创建数据访问页"项，启动数据访问页向导。

（2）确定数据源及其中包含的字段

在数据访问页向导第一个对话框中进行以下设置：

① 在"表/查询"下拉列表框中选择"成绩查询"作为数据源。

② 将"可用字段"列表框中的所有字段导入到"选用的字段"列表框中。

③ 单击"下一步"按钮。

（3）确定用于分组的字段

① 在数据访问页向导第二个对话框中，双击列表中的"课程号"项。

② 单击"下一步"按钮。

（4）确定排序方式

① 在数据访问页向导第三个对话框中，设定按"期末成绩"的降序，相同记录再按"期中成绩"的降序排序。

② 单击"下一步"按钮。

（5）保存并预览数据访问页

① 在数据访问页向导第三个对话框中，输入数据页标题为"学生成绩"。

② 单击"完成"按钮，保存并打开设计好的数据访问页。

③ 切换到"页视图"，预览刚设计的数据访问页，如图 1-9-6 所示。

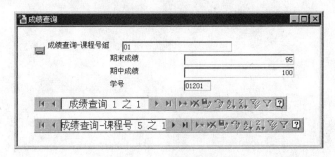

图 1-9-6　设计的学生成绩页

19. 在设计视图中，创建一个基于"教学管理"数据库的"学生成绩"页，该页以"成绩查询"作为数据源，按照"姓名"字段进行分组，并使用汇总函数计算每个学生的总成绩。

【参考解答】

略。

第

二 部分

实 验 指 导

实验总体说明

1. 实验目的

学习数据库课程的目的是为了能在生产和生活中运用数据库技术来解决实际问题，为了今后的应用并为相关的其他课程打好基础，学生不但要理解数据库技术的基本知识，学会使用指定的数据库产品的使用方法，而且应该熟练地掌握从调查分析到创建数据库再到操纵数据库的整个过程。因此，应该十分重视实践环节，保证足够的实验时间和较好的实验质量。

本课程实验的目的包括以下几个方面：

（1）理论联系实际，加深对所学内容的理解

数据库理论是数据库技术的基础，掌握必要的理论知识是数据库应用的前提。只有通过实际的数据库设计和数据库操纵的实验，才能掌握将这些知识运用到实际工作中去的方法；同时，也可以进一步加深对理论知识的理解。

（2）学习数据库设计的方法

数据库设计是数据库应用的基础，是数据库生存周期中的一个重要阶段，也是工作量较大的一项工作。数据库设计的质量对于整个数据库系统的性能和效率有很大的影响。因此，应该通过大量的实验来掌握常用的数据库设计方法，养成良好的数据库设计习惯。

（3）掌握数据库管理系统的使用方法

数据库系统要由数据库管理系统来实现和操纵，应该学会一种（如 Access）或几种数据库管理系统的使用方法，熟练地掌握创建数据库、执行查询、更新数据、输出报表、编程控制等一整套操作方法。

2. 实验的基本要求

（1）实验前的准备工作

在实验前应预先做好准备工作，以提高实验的效率，准备工作至少应包括以下几个方面：

① 复习和掌握与本实验有关的教学内容。

② 准备好实验所需的素材，如进行数据库设计所需的数据、进行数据库操纵所需的数据库及其有关对象等。应尽量采用从实际生产活动、教学活动或者日常生活中收集而来的业务数据，而不要任意编造。应从一开始就养成严谨的科学作风。

③ 对实验中可能出现的问题应预先作出估计,对实验安排中自己有疑问的地方,应做上记号,以便在实际操作时给予注意或加以验证。

（2）上机实验的一般步骤

本课程的实验主要是上机实验。上机实验一般包括以下几个步骤:

① 打开 Access 窗口(或其他指定的软件)。

② 创建数据库或打开已有数据库(可以利用下面提供的数据库,也可以用其他数据库来替代)。

③ 创建数据库中的对象或编辑已有对象。

④ 保存操作结果。

⑤ 实验结束后,写出实验报告。

（3）实验过程中应注意的问题

在实验过程中,除了要有积极向上的学习态度、认真细致的工作作风之外,还要注意以下几个问题:

① 清楚地理解当前工作的目的和意义。例如,在进行实验时,要理解实验指导中给出的操作过程实际上隐含了数据库设计时关系规范化方法的运用,这样,对这种方法的理解就会进一步加深。

② 尝试用各种不同的方法来解决问题。例如,在创建数据库中的几个表时,可以先后采用各种不同的方法,包括利用向导的方法、在设计视图中创建的方法、直接输入数据的方法以及从其他软件工具中导入的方法等。

③ 注意分析和比较各实验之间的联系和区别、共性和个性。例如,在设计报表时,要注意分析报表和作为数据源的表或查询之间的联系、它们在输出方式上的区别,以及报表和窗体、数据访问页等其他对象的共同点和不同点。

④ 注意分析实验中出现的各种现象,总结成功或失败的经验,寻找今后努力的方向。

（4）实验报告内容

实验报告的内容包括以下几个方面:

① 题目。

② 实验目的和要求。

③ 实验环境,包括计算机软件、硬件配置以及操作素材等。

④ 实验概况,包括实验过程、内容、操作结果等。

⑤ 实验分析总结,应针对实验步骤中提出的问题,写出解决方案。

3. 示例数据库

下面提供一个大学的"选修课管理"数据库,用于 Access 数据库操作以及 VBA 编程实验素材,即除实验1和实验2之外的其他实验。

（1）"选修课管理"数据库的关系模式

① "学生"关系:

学生(学号,姓名,性别,生日,入学总分,照片,班级,特长爱好)

② "教师"关系：

教师 (教工号, 姓名, 课程号, 职称, 学院, 电话)

③ "课程"关系：

课程 (课程号, 课程名, 先修课程, 学分, 教工号)

④ "选课"关系：

选课 (学号, 课程号, 平时成绩, 考试成绩)

(2) "选修课管理"数据库的数据类型

① 自动增量型：学号, 课程号。

② 文本型：姓名, 班级, 课程名, 先修课程, 任课教师。

③ 数字型：入学总分, 学分, 平时成绩, 考试成绩。

④ 日期型：出生年月。

⑤ 是/否型：性别。

⑥ 备注型：特长爱好。

(3) "选修课管理"数据库的约束

下面给出"选修课管理"数据库的约束条件。这些约束条件对某些属性的值、属性之间的联系以及文件之间的联系施加了一定的限制，是创建和更新数据库时所必须遵守的完整性规则，称为完整性约束。数据库系统应该实现这样的约束，并且不能包含违反约束条件的数据。

① "学号"的值唯一确定"学生"关系中其他属性的值。

② "课程号"的值唯一确定"课程"关系中的其他属性的值。

③ "教工号"的值唯一确定"教师"关系中其他属性的值。

④ "学号"和"课程号"的值唯一确定"选课"关系中的其他属性的值。

⑤ "课程"关系中每个"教工号"的值必须出现在"教师"关系中。

⑥ "选课"关系中每个"学号"的值必须出现在"学生"关系中。

⑦ "选课"关系中每个"课程号"的值必须出现在"课程"关系中。

【注】 数据库的完整性是指数据的正确性和相容性。例如，学生的年龄必须是整数，取值范围为10～29；学生的学号必须是唯一的；学生的性别只能是男或女等。数据库是否具有完整性关系到数据库系统能否真实地反映现实世界，因此维护数据库的完整性是非常重要的。

实验 1 验 数据库概念模式的设计

1. 实验目的

(1) 通过调查研究、分析和整理数据,初步掌握收集数据和数据库规划的方法。

(2) 通过数据库概念模式的设计,为进一步学习数据库的创建和操作打好基础。

2. 实验准备

(1) 了解数据处理的方法和工具:程序、数据文件、数据库。

(2) 理解数据库系统的功能与组成。

(3) 理解 E-R 数据模型的概念,初步掌握 E-R 图的使用方法。

(4) 理解关系数据模型的概念。

(5) 初步掌握 E-R 数据模型转换为关系数据模型的方法。

(6) 基本掌握关系规范化的方法。

3. 实验内容

(1) 调查一个单位的数据处理业务,了解实际的数据处理需求。并根据调查结果制作一系列数据表。

(2) 将数据表设计成 E-R 数据模式。

(3) 将 E-R 图转换为一系列关系数据模式,进行关系规范化,并填充数据,最终形成关系数据库的概念模式。

4. 实验步骤

(1) 制作数据表

深入了解一个经贸公司或其他企事业单位的数据处理业务,按以下分类收集各方面的业务数据,分别整理成行列结构的数据表。

① 营销管理数据。收集两方面数据,形成两张数据表:

- "营销产品表",包括所经营产品的数据,如产品种类、单价、供货商等;
- "营销情况表",包括一段时间(一周、一月或一年)之内的营销情况,如产品、供货商、订单、客户、供货日期、出货量等。

② 生产管理数据。收集所生产的产品数据,形成"生产产品表",包括产品的种类、单价、数量、生产日期等。

③ 人事管理数据。收集两方面数据,形成两张数据表:
- "组织机构表",包括各部门的名称、业务范围、员工、负责人、办公地点、电话、电子邮件地址等;
- "员工登记表",包括员工的姓名、性别、年龄、所属部门、工作范围、住址、电话、电子邮件地址、特长爱好等。

④ 物资管理数据。收集公司所拥有的、流通的和使用的物资数据,形成"物资使用表",包括固定类物资、流动类物资、消耗类物资的种类、用途、数量、单价、使用部门名称或使用者姓名等。

(2) E-R 数据模式设计

将上述调查得到的几个数据表分别看作不同的实体,并参照本实验第 5 部分"补充知识"中给出的方法,将它们用 E-R 图表示出来。

(3) 数据库概念视图设计

① 将 E-R 图转换为关系模式。

② 将每个关系模式都规范到 BCNF。

③ 给出数据库中的所有关系,并填充数据。

5. 补充知识：E-R 数据模式设计

对于数据库设计者来说,从用户的需求出发,按照现有的条件,综合各方面的数据来构造一个可以为所有用户共享的数据库是一项十分艰巨的任务。而目前流行的 3 种数据模型:网状模型、层次模型和关系模型都不便于创建综合的数据库描述(如不便于表示多对多的联系等)。因此,设计者希望有这样一种数据模型:在开始设计时即可列出文件和文件的属性,并且不限制文件之间联系的类型。E-R 数据模型就是这样的模型。E-R 数据模型提供了实体、属性和联系 3 个抽象概念,可以比较自然地模拟现实世界,且形成的 E-R 数据模式可以很方便地转换成相应的关系、层次和网状数据模式。

(1) 实体与属性

现实世界中一组具有某些共同特性和行为的对象都可以抽象为一个实体。对象类型的组成部分可以抽象为实体的属性。例如,可以将张京、王莹、李玉等抽象为学生实体。而学号、姓名、所在班级等都可以抽象为学生实体的属性。其中"学号"为标识学生实体的键。

实体与属性是相对而言的,一个事物可以在一种应用环境中作为"属性"而在另一种环境中作为"实体"。例如,学校中的"学院"可以作为一个具有"名称"、"教工数"、

"学生数"、"电话"等各种属性的实体，也可以作为学生实体的一个属性，表明学生所在的学院。

表 2-1-1 是从一个公司的组织机构及其业务中抽象出来的实体及其属性的列表。

表 2-1-1　实体及其属性列表

实　体	属　　性	实　体	属　　性
部门	部门号,地点,经理	设备	设备号,设备名,单价
雇员	编号,姓名,住址,工资	客户	客户名,客户地址
工作简历*	工作名,起始日,结束日	客户代理	代理名,地址,电话
任务	任务号,任务名		

其中带有"*"号的"工作简历"称为弱实体，即附属于其他实体而不能独立存在的实体。弱实体实际上可以作为所有者实体的一个多值的组合属性。

（2）联系

实体之间会有各种关系，例如，雇员实体有领导与被领导关系，学生实体与课程实体之间有选课关系等。这些关系抽象为实体内部的联系和实体之间的联系。前者通常是指组成实体的各属性之间的联系。后者可分为 3 类：一对一（1 : 1）联系、一对多（1 : n）联系和多对多（m : n）联系。类似地，三元联系也可分为 $1 : 1 : 1$、$1 : 1 : n$、…、$m : n : p$ 等多种。

【注】　可将多对多联系中的 m、n 想象成联系双方的参与度。例如，在"学生"和"选修课"两个实体的"学生-选课"联系中，一个学生最多可选 5 门课，一门课最多可以有 30 个学生选。则其多对多的联系为（5 : 30）。

不但实体有属性，联系也可以有属性。例如，"学生-选课"这种联系可以有"成绩"、"选修时间"等属性。

（3）E-R 图

E-R 数据模式可以用形象直观的 E-R 图来表示。通过 E-R 图，计算机专业人员和非专业人员可以进行交流和合作，以便真实、合理地模拟现实世界。

表 2-1-1 列举的 7 个实体的属性可以用 E-R 图表示，如图 2-1-1（a）所示。它们之间的联系也可以用 E-R 图表示，其中弱实体（工作简历）用双框表示，如图 2-1-1（b）所示。共有 5 个联系，分为以下几种情况：

① "雇员"和"部门"之间的"部门-雇员"联系、"雇员"和"工作简历"之间的"雇员-简历"联系是一对多联系，分别在实体和联系的连线旁标注 1、n 字样。

② "雇员"和"任务"之间的"指派"联系有联系属性"状态"。"指派"联系表明每个职工可以有多项任务，每项任务可以指派给多个职工，用联系属性"状态"表示每个职工完成任务的状态。"指派"联系是多对多联系，分别在实体和联系的连线旁标注 m、n 字样。

"客户"、"任务"和"设备"3 个实体之间的"使用-服务"联系也是多对多联系，表示职工为完成客户提出的任务所使用的设备，联系的 3 个实体要分别标注 m、n、p 字样。

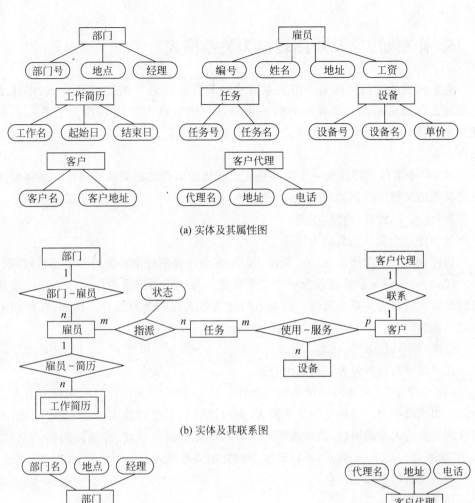

(a) 实体及其属性图

(b) 实体及其联系图

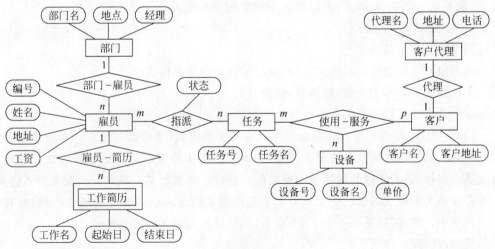

(c) 完整的 E-R 图

图 2-1-1　E-R 图的例子

③"客户"和"客户代理"之间的"代理"联系是一对一联系,用 1、1 标注。

完整的 E-R 图如图 2-1-1(c)所示。

6. 补充知识：E-R 图转换为关系模式

关系模型的逻辑结构是一组关系模式的集合。而 E-R 图则是由实体、实体的属性和实体之间的联系 3 个要素组成的一个整体。所以将 E-R 图转换为关系模型实际上就是将实体、实体的属性和实体之间的联系转化为关系模式，转换的一般原则有以下几点：

(1) 一个实体型转换为一个关系模式。实体的属性就是关系的属性。实体的关键字就是关系的关键字。例如，在前面的例子中，雇员实体可以转换为如下关系模式：

雇员(编号,姓名,地址,工资)

其中编号为雇员关系的关键字。

同样，部门、工作简历、任务、设备、客户、客户代理都分别转换为一个关系模式。

(2) 一个 $m:n$ 联系转换为一个关系模式。与该联系相连的各实体的键以及联系本身的属性均转换为关系的属性。而关系的键为各实体的键的组合。例如，在前面的例子中，"指派"联系是一个 $m:n$ 联系，可以转换为如下关系模式：

指派(编号,任务号,状态)

其中编号与任务号为关系的组合键。

(3) 一个 $1:n$ 联系可以转换为一个独立的关系模式，也可以与 n 端对应的关系模式合并。如果转换为一个独立的关系模式，则与该联系相连的各实体的键以及联系本身的属性均转换为关系的属性，而关系的键为 n 端实体的键。例如，在前面的例子中，"雇员-简历"联系是一个 $1:n$ 联系，可以转换为独立的关系模式：

雇员简历(编号,工作名)

其中"编号"是其键。

也可以与工作简历关系模式合并，这时工作简历关系模式为：

工作简历(编号,工作名,起始日,结束日)

后一种方法可以减少关系的个数。

(4) 一个 $1:1$ 联系可以转换为一个独立的关系模式，也可以与任意一端对应的关系模式合并。如果转换为独立的关系模式，则相关各实体的键以及联系本身的属性均转换为关系的属性，每个实体的键均为该关系的候选键。如果与某一端对应的关系模式合并，则需要在该关系模式的属性中加入另一个关系模式的键和联系本身的属性。例如，在前面的例子中，"代理"联系是一个 $1:1$ 联系，可以转换为独立的关系模式：

代理(代理名,客户名)

或　代理(代理名,客户名)

在"代理"关系模式中，代理名和客户名都是关系的候选键，由于"代理"联系本身没有属性，所以相应的关系模式中只有键。它反映了客户和客户代理的对应关系。也可以与客户或客户代理关系模式合并，即得到关系模式：

客户(客户名,客户地址,代理名)

或

客户代理(<u>代理名</u>,地址,电话,客户名)

(5) 3个或3个以上实体间的一个多元联系转换为一个关系模式,与该多元联系相连的各实体的键以及联系本身的属性转换为关系的属性,而关系的键为各实体的组合。例如,"使用-服务"联系是一个三元联系,可以转换为如下关系模式:

使用服务(<u>任务号,设备号,客户名</u>)

(6) 对于自联系,即同一实体集的实体之间的联系,也可按上述 1∶1、1∶n 和 m∶n 分别处理。例如,如果雇员实体集内部存在组长与其他雇员之间的领导与被领导的 1∶n 自联系,可以将该联系与雇员实体合并,形成关系模式:

雇员(<u>编号</u>,姓名,地址,工资,组长)

其中增加了一个"组长"属性,存放相应组长的职工号。

(7) 具有相同键的关系模式可以合并。合并可以减少数据库中的关系个数,如果两个关系模式具有相同的主关键字,可以将其中一个关系模式的全部属性加入到另一个关系模式中,然后去掉其中的同义属性,并适当调整属性的次序。

按照上述原则,图 2-1-1 所示 E-R 图可转换为下列关系模型:

部门(<u>部门号</u>,地点,经理)

部门雇员(<u>编号</u>,姓名,住址,工资,部门号)

工作简历(<u>编号,工作名</u>,起始日,结束日)

指派(<u>编号,任务号</u>,状态)

任务(<u>任务号</u>,任务名)

使用服务(<u>任务号,设备号,客户名</u>)

设备(<u>设备号</u>,设备名,单价)

客户(<u>客户名</u>,客户地址)

代理(<u>代理名,客户名</u>)

客户代理(<u>代理名</u>,地址,电话)

7. 思考题

(1) 如何用数据文件的形式表示本次实验所收集的数据?

(2) 如果由不同的设计人员分别进行各局部视图,即分 E-R 图的设计,则在集成为总 E-R 图时,会产生什么问题? 如何解决这些问题?

(3) 设计一个合理的数据库最主要的是设计什么?

实验 2 数据处理软件的使用

1. 实验目的

(1) 使用表处理软件(Excel 等)创建数据表。

(2) 进行数据表的编辑、查询、格式编排等操作,直观地体验数据处理的过程与步骤。

2. 实验准备

(1) 理解程序、文档、数据文件、数据库系统的概念。

(2) 掌握数据表处理软件 Excel(或 WPS 等类似软件)的使用方法,包括:

① 工作表的创建、打开、保存与输出方法。

② 数据的编辑、计算、排序、查找与格式编排方法。

③ 记录单的使用方法。

3. 实验任务

(1) 按给定数据创建 Excel 工作表。

(2) 模拟关系规范化的过程,按指定方法将工作表分离为多个工作表。

(3) 按指定方法执行排序与查找操作。

(4) 按指定方法执行报表与输出操作。

4. 实验步骤

(1) 创建工作表

启动 Excel 软件,生成空白工作簿,输入如图 2-2-1 所示的数据,形成第一张工作表,命名为"部门负责人"。要求:

① 利用自动填充功能输入"编号"列。

② 先用公式填充功能输入"应发"列和"扣除"列的第一个数据,如利用"=G1+H1"输入"应发"列 I2 格的数据;然后再用自动填充功能输入这两列的其他数据。

编号	姓名	所属部门	职务	性别	工资号	工资	津贴	应发	扣除	实发
1	张京	销售部	经理	男	B001	3500	2000		200	
2	王莹	销售部	副经理	女	B007	2000	1500		180	
3	李玉	办公室	主任	女	A005	2500	1000		150	
4	刘桐	生产一厂	厂长	男	C001	3000	1500		200	
5	陈奇	生产二厂	厂长	男	D001	3000	1500		200	
6	周林	后勤部	主任	男	E001	3000	1300		150	
7	林妮	工会	主席	女	F001	3000	1300		100	

图 2-2-1　部门负责人表

③ 将"编号"、"性别"列居中;"工资"、"津贴"、"应发"、"扣除"、"实发"列靠右;其他列靠左。

④ 自拟 10 行以上的数据,可以包括总经理、副总经理、总工程师、总会计、各部门会计等人员,添加到该表中。并改名为"干部"表。

（2）工作表分离

模拟关系规范化的过程,将"部门负责人表"分成以下的表,并分别创建属于一个工作簿的 3 张工作表。

① "干部"表:编号,姓名,所属部门,职务,性别。

② "工资"表:编号,工资号,工资,津贴,扣除。

③ "实发工资"表:工资号,实发。

（3）排序与查找操作

① 将"干部"表按"编号"排序;"工资"表和"实发工资"表按"工资号"排序。

② 在"干部"表中查找"姓名"为"林妮"的表行;在"工资"表中查找"工资号"为"C001"的表行。

③ 在"工资"表中筛选出"工资"在"3000"以上的表行,单独放在同一工作簿的一张工作表中,命名为"高工资"。

（4）报表与输出操作

① 提取"干部"表和"工资"表中的部分数据,生成"女干部"表,内容包括所有女干部的"编号"、"姓名"、"职务"、"所属部门"、"工资"和"津贴"。

② 自拟格式,创建包括表头、工资统计折线图,以及表格框线的报表。

③ 将报表打印出来。

5. 思考题

（1）Excel 工作表、工作簿以及 Excel 文档之间有什么区别和联系?

（2）本实验中工作表的分离过程与关系规范化过程有哪些相似的地方?

实 ③ 验 观察 Access 开发环境

1. 实验目的

(1) 学习 Access 安装方法。

(2) 了解 Access 开发环境及使用方法。

(3) 了解 Access 数据库的结构、性能、特点与数据库操纵方法。

2. 实验准备

(1) 了解 Access 软件的功能、组成与安装方法。

(2) 了解 Access 开发环境的用户界面,包括:

① Access 主窗口组成、主菜单组成及主要功能、工具条的特点及使用方法等。

② Access 数据库窗口的结构、功能与使用方法。

(3) 了解 Access 数据库的特点及内部结构,包括:

① Access 数据库的基本特点、与其他数据库的区别和数据共享方式等。

② Access 数据库的组成、主要对象的名称和功能等。

3. 实验任务

(1) 安装 Access 软件。

(2) 启动 Access,打开罗斯文数据库(Northwind . mdb)。观察并试用 Access 的主窗口和数据库窗口。

(3) 观察罗斯文数据库的组成、各种对象的形式和操纵方式。

4. 实验步骤

【说明】 以下实验内容由老师讲解并指导学生完成。

(1) 安装 Access 软件

① 检查计算机的硬件配置和软件配置,最好是 Pentium 4 以上档次的 CPU,256MB 以上的内存容量,带有 CD-ROM 驱动器,并配置了 Windows 2000 以上版本的操作系统。

② 准备好 Microsoft Office 安装盘及 CD-ROM 序列号。

③ 将安装盘插入光盘驱动器,启动安装向导。

④ 在安装向导的引导下,输入 CD-ROM 序列号、用户信息,选择"自定义"安装选项,选择安装 Microsoft Access 并选择完全安装。

⑤ 在安装向导的引导下,完成所有的安装工作并重新启动计算机。

（2）观察 Access 开发环境的用户界面

① 启动 Access 并打开罗斯文数据库。

② 观察 Access 主窗口,打开并观察"文件"、"编辑"、"视图"、"工具"等各菜单的内容。

③ 在数据库窗口中,切换到"表"对象页,查看数据库工具条的内容。

④ 分别切换到"查询"、"窗体"、"报表"、"宏"、"页"和"模块"对象页,查看数据库工具条内容的变化。

（3）观察数据库窗口和罗斯文数据库的对象种类

① 在数据库窗口中,切换到"表"对象页,查看工具条(数据库窗口中)的内容,对象栏的结构,以及对象(表)列表的内容,分辨出哪些是对象列表,哪些是操作命令。

② 分别切换到"查询"、"窗体"、"报表"、"宏"、"页"和"模块"对象页,查看工具条(数据库窗口中)的变化、对象(表)列表的内容,分辨出对象列表和操作命令。

（4）观察"表"对象

① 在数据库窗口中,切换到"表"对象页,并选定"产品"表。

② 单击"打开"按钮,观察表的内容,并给表中添加几个记录。

③ 切换到表的"设计视图",观察表中有哪些字段,以及每个字段的数据类型、名称、标题等其他属性。

④ 关闭"产品"表,但不保存修改的结果。

⑤ 对"雇员"表执行②和③。

⑥ 再选择其他表,执行②和③。

⑦ 查看表与表之间的联系。

（5）观察"查询"、"窗体"、"报表"和"数据访问页"对象

① 在数据库窗口中,切换到"查询"对象页。选择一个查询,分别在各种视图中查看其内容、结构等。

② 切换到"窗体"对象页。选择一个或多个窗体,分别在各种视图中查看其内容、结构,并使用"自动窗体"功能设计一个基于"产品"表的纵栏式窗体。

③ 切换到"报表"对象页。选择一个或多个报表,分别在各种视图中查看其内容、结构,并比较窗体和报表的相同和相异之处。

④ 切换到"页"对象页。选择一个或多个数据访问页,分别在各种视图中查看其内容、结构,并比较数据访问页和窗体、报表的相同和相异之处。

（6）观察"宏"和"模块"对象

① 切换到"宏"对象页,选择"供应商"宏,单击"设计"按钮,观察其内容。

② 切换到"模块"对象页,选择"启动"模块,单击"设计"按钮,打开 VBA 窗口,观察 VBA 窗口的结构以及"启动"模块的内容。

实验 4 验 数据库的创建

1. 实验目的

(1) 通过创建数据库,理解数据库结构的描述方法。

(2) 掌握创建 Access 数据库的各种方法。

2. 实验准备

(1) 了解数据库的各种打开方法和关闭方法。

(2) 了解 Access 各种对象的功能和特点。

(3) 了解创建数据库向导的功能和使用方法。

(4) 了解创建空白数据库的方法。

(5) 了解 Access 数据库的导入导出功能。

3. 实验任务

(1) 认识并掌握创建数据库的各种方法。

(2) 创建"选修课管理"数据库。

(3) 利用导入功能及表设计视图中的编辑功能创建"选修课管理"数据库中的一张表。

4. 实验步骤

【说明】 以下实验内容由学生独立完成。

(1) 数据库的打开

① 启动 Access,在 Microsoft Access 对话框中,选择"打开已有文件"单选项,选择罗斯文数据库,单击"确定"按钮,打开罗斯文数据库。查看数据库窗口及表对象页,然后关闭数据库。

② 使用"文件"菜单的"打开"项,打开罗斯文数据库。查看数据库窗口及表对象页,

然后关闭数据库。

③ 在收藏夹中创建罗斯文数据库的快捷方式,利用它打开罗斯文数据库。查看数据库窗口及表对象页,然后关闭数据库。

【说明】 以下实验内容由老师指导学生完成。

(2) 使用向导创建数据库

① 使用"文件"菜单的"新建"项或单击工具条上的"新建"按钮,弹出"新建"对话框,在其"数据库"页,双击"库存控制"图标,打开"文件新建数据库"对话框。

② 在对话框中确定文件名、文件类型、保存位置等。然后单击"创建"按钮,启动数据库向导。

③ 在数据库向导的引导下,选择数据库中的表及其字段,完成屏幕显示样式、报表样式、数据库标题等的设置。然后单击"完成"按钮,创建数据库。

④ 打开刚创建的数据库,查看数据库窗口及其表、查询、窗体等对象页。

(3) 创建名为"选修课管理"的空白数据库

① 选择"文件"菜单的"新建"项,弹出"新建"对话框。

② 选定"数据库"对象,并单击"确定"按钮,弹出"文件新建数据库"对话框。

③ 在对话框中将文件名设定为"选修课管理"并单击"创建"按钮。

④ 打开并查看"选修课管理"数据库窗口。

(4) 利用导入方式创建"课程"表

① 启动 Microsoft Excel 软件。在工作表 Sheet1 中输入图 2-4-1 所示的内容,并保存成名为"课程.xls"的文件。

课程号	课程名	先修课程号	学分	教工号
10200	经济法	10100	3.0	6019
29000	计算方法	21000	4.0	4273
37000	数据结构	31000	4.0	6502
37001	计算机算法	20000	3.0	6313
37002	面向对象编程	31000	5.0	4389
37003	数据库技术	31000	3.0	7020

图 2-4-1 课程表

② 启动 Access,并打开"选修课管理"数据库。

③ 将 Excel 文档"课程.xls"中 Sheet1 的内容导入"选修课管理"数据库中,在导入过程中,将"学号"字段设置为主键。

通过导入方法创建的"课程"表如图 2-4-2(a)所示。

(5) 修改课程表

① 在数据库窗口中,单击数据库工具条上的"设计"按钮,切换到表的设计视图。

② 单击"课程号"的"数据类型"单元格,焦点移到该单元格并成为下拉列表框。在列

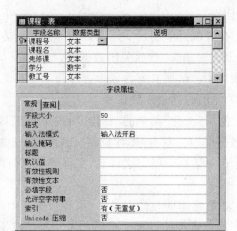

(a) "课程" 表设计视图　　　　　　　　(b) "课程" 表

图 2-4-2 "课程"表及其设计视图

表中选择"文本"项,将"课程号"字段设成文本型。

　　③ 按上述方法将"先修课"字段和"教工号"字段也设成文本型。这时,"课程"表的设计视图如图 2-4-2(b)所示。

实 **5** 验 表的创建和使用

1. 实验目的

(1) 掌握创建表的各种方法。
(2) 通过设置字段属性,加深对数据类型、表达式等概念的理解。

2. 实验准备

(1) 理解数据库类型的概念及 Access 的有关规定。
(2) 理解表达式的概念及其在创建表的过程中的应用。
(3) 了解创建表向导的功能与使用方法。
(4) 了解通过直接输入数据来创建表的方法。
(5) 了解表的设计视图的功能与使用方法。
(6) 了解创建表与表之间的关系的方法。
(7) 了解表的查找、排序和筛选等操作方法。

3. 实验任务

(1) 使用向导创建"学生"表,并在设计视图中修改它。
(2) 利用导入法创建"教师"表。
(3) 通过直接输入数据创建"选课"表。
(4) 建立表与表之间的关系。
(5) 在已有表上进行查找、排序和筛选操作。

4. 实验步骤

(1) 利用向导创建"学生"表
① 打开"选修课管理"数据库,切换到表页。
② 选择"使用向导创建表"项,启动创建表向导。

③ 在向导中,选择"学生"表和"雇员"表中的若干字段,设置"学号"字段为主键,并保存为"学生"表。其设计视图如图 2-5-1 所示。

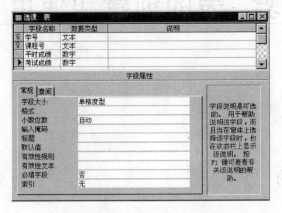

图 2-5-1 "选课"表的设计视图

(2) 修改"学生"表的结构

① 在"学生"表设计视图中,将"名字"字段名改为"姓名","薪金"字段名改为"入学总分",数据类型改为"数字","字段大小"改为"单精度型","附注"字段名改为"特长爱好"。

② 在"学生"表设计视图中,添加以下字段:

"性别"字段,数据类型为"是/否"型;

"班级"字段,数据类型为"文本"型。

③ 保存"学生"表。

(3) 给"学生"表中填充数据

① 将图 2-5-2 所示内容填充到"学生"表中,然后关闭表。

学号	姓名	性别	出生年月	入学总分	照片	班级	特 长 爱 好
021001	张京	−1	02-03-83	673		电子 21	
021002	王莹	0	08-12-83	678		电子 21	1999 年省钢琴少年组一等奖 1997 年全国少儿绘画金奖
021003	李玉	0	10-07-84	650		电子 21	
021004	刘桐	−1	07-02-84	653		通信 21	
021005	陈奇	−1	07-10-83	680		通信 21	围棋业余四段
021006	赵江	−1	10-11-83	660		电子 21	
021007	钱木萌	0	07-09-84	667		通信 21	武术
021008	孙水	0	08-10-83	650		通信 21	
021009	周火宁	−1	05-03-84	654		自控 21	2000 年市中学生乒乓球冠军
021010	吴天	−1	08-11-83	658		自控 21	
021011	林地	0	08-12-83	700		自控 21	钢琴十级,绘画四段

图 2-5-2 学生表内容

② 创建值列表字段,使"性别"字段的-1值和0值分别显示为"男"和"女"。

(4) 利用导入方法创建"教师"表

① 打开 Microsoft Excel 窗口,输入图 2-5-3 所示内容。

教工号	姓名	性别	职称	学院	电 话
4382	姬上河	男	副教授	电信	26263033
4389	张芳	女	副教授	电信	26267023
6067	温丽萍	女	讲师	理	26260017
4273	陈恒	男	副教授	理	32145660
6502	周晓民	男	讲师	电信	26277123
6500	王静	女	讲师	人文	26271254
7020	刘永志	男	讲师	电信	32245689
6313	马红强	男	讲师	电信	26277234
6019	付雪英	女	讲师	人文	26277100

图 2-5-3　教师表内容

② 将 Excel 工作表导入到"选修课管理"数据库中,成为"教师"表。

③ 在"选修课管理"数据库窗口中,打开"教师"表,并将"电话"字段的数据类型改为"文本"。

(5) 修改"课程"表

① 在数据库窗口的数据表视图中打开"课程"表。

② 在"课程"表中添加图 2-5-4 所示内容。

课程号	课程名	学分	教工号
31000	计算机应用基础	3	4382
09001	工程数学	3	6067
10200	法律基础	2	6500

图 2-5-4　课程表添加的内容

③ 切换到"课程"表的设计视图。选定"学分"字段,将"字段大小"设为"单精度型"。

④ 设置"教工号"字段为查阅列表字段,按"教工号"在"教师"表上查找教师姓名,并将其标题改为"教师"。

(6) 通过直接输入数据的方式创建"选课"表

① 在数据库窗口的表页中,选择"通过输入数据创建表"项,打开表的"数据表"视图。

② 按图 2-5-5 所示输入选课表的内容。

③ 按图 2-5-1 所示修改"选课"表的结构。

学号	课程号	平时成绩	考试成绩
021001	10200	90	83
021001	29000	85	81
021001	37002	85	73
021002	10200	90	90
021002	37002	85	70
021003	29000	80	85
021003	37002	90	91
021004	37002	90	76
021005	37002	70	56
021006	37001	75	67
021009	37001	70	53
021011	37002	95	96
021011	37003	90	95

图 2-5-5 选课表

④ 设置"学号"字段为查阅列表字段,按"学号"查找学生姓名,显示学生姓名,并将其标题改为"学生"。

⑤ 设置"课程号"字段为查阅列表字段,按"课程号"查找课程名,显示课程名,并将其标题改为"课程"。

(7) 创建表与表之间的关系

① 在"选修课管理"数据库窗口的表对象页中,单击"表设计工具条"上的"关系"按钮,或选择"工具"菜单的"关系"项,切换到关系设计窗口。

② 利用"显示表"、"编辑关系"等菜单项,在"选修课管理"数据库的 4 个表中,创建如图 2-5-6(a)所示的关系。

(8) 记录的查找

① 打开"学生"表,切换到表视图。

② 利用表窗口下方的记录选择器来查找第 3 号记录和第 10 号记录。

③ 利用查找对话框查找学生"李玉"的记录。

④ 利用查找对话框查找所有"通信 21"班学生的记录,如图 2-5-6(b)所示。

(9) 记录的排序和筛选

① 打开"学生"表,切换到表视图。

② 将插入点移到"入学总分"列的任一行上,然后选择"工具"菜单的"排序"项子菜单中的"降序"项,将"学生"表中的记录按"入学总分"的降序排列。

③ 将插入点移到"性别"列的值为"男"的任一行上,选择"记录"菜单的"筛选"项子菜

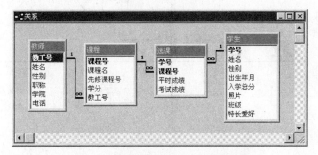

(a) "选修课管理" 数据库关系

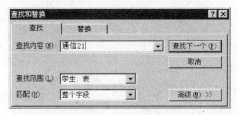

(b) "查找" 对话框

(c) 筛选设计窗口

图 2-5-6 选修课管理数据库的关系

单中的"按选定内容筛选"项,将所有"男"生的记录显示出来。再选择"记录"菜单的"取消筛选/排序"项,恢复所有记录的显示。

④ 将插入点移到"性别"列的值为"男"的任一行上,选择"记录"菜单的"筛选"项子菜单中的"内容排除筛选"项,将所有"女"生的记录显示出来。再选择"记录"菜单的"取消筛选/排序"项,恢复所有记录的显示。

⑤ 选择"记录"菜单的"筛选"项子菜单中的"高级筛选/排序"项,弹出筛选设计窗口,将其上半部字段列表中的"入学总分"字段拖放到下半部设计网格第一列,在"准则"行输入">670",然后选择"记录"菜单的"应用筛选/排序"项,将会显示所有"入学总分"在 670 以上的学生的记录,如图 2-5-6(c)所示。

最后,选择"记录"菜单的"取消筛选/排序"项,恢复所有记录的显示。

实 6 验 查询设计

1. 实验目的

(1) 掌握查询的各种设计工具的使用方法。
(2) 掌握各类查询的创建和编辑方法。

2. 实验准备

(1) 理解查询的功能、分类,以及各类查询的用途。
(2) 了解各种查询向导的使用方法。
(3) 了解查询设计器的结构和使用方法。
(4) 理解"准则"的构造和使用方法。
(5) 理解计算字段的设计方法。
(6) 了解各类查询的设计方法。

3. 实验任务

(1) 创建简单的选择查询。
(2) 创建包含计算字段的查询。
(3) 创建有汇总功能的查询。
(4) 创建交叉表查询。
(5) 创建各种操作查询。

4. 实验步骤

(1) 使用"简单查询向导"创建"学生入学成绩查询"

① 打开"选修课管理"数据库,切换到查询页。

② 单击"新建"按钮,在弹出的"新建查询"对话框中,选择"简单查询向导"项,启动简单查询向导。

③ 选择"学生"表中的"姓名"、"性别"、"入学总分"字段作为查询中的字段。

④ 以"学生入学成绩查询"的名称保存查询,观察查询结果。

⑤ 切换到 SQL 视图,查看自动生成的 SELECT 语句。

(2) 使用查询设计器创建包含计算字段的查询

① 在查询页中,选择"在设计视图中创建查询"项,打开查询设计器。

② 利用"显示表"对话框将"选课"表添加到查询设计器中。

③ 将"学号"和"课程号"字段添加到查询设计网格中,并添加计算字段:

总评成绩:[选课]![平时成绩]＊0.3＋[选课]![考试成绩]＊0.7

④ 以"计算总评成绩查询"的名称保存查询,观察查询结果。

(3) 创建子查询"各门课平均成绩"

① 在查询页中,选择"使用向导创建查询"项,启动查询向导。

② 选择"计算总评成绩查询"查询作为数据来源。

③ 选择"课程号"和"总评成绩"字段,并选择给"总评成绩"字段求平均值。

④ 以"各门课平均成绩查询"的名称保存该子查询,观察查询结果。

(4) 使用向导创建交叉表查询。

① 在查询页中,单击"新建"按钮,并在"新建查询"对话框中选择"交叉表查询向导"项,启动交叉表查询向导。

② 选择"计算总评成绩查询"查询作为数据来源。

③ 选择"学号"作为行标题,"课程号"作为列标题,第一项(总评成绩)作为行列交叉点上的值,并取消对"是,包括各行小计"复选项的选择。

④ 以"学生选课成绩交叉表查询"的名称保存查询,观察查询结果。

(5) 创建参数查询"按学生名查询"

① 在查询页中,选择"在设计视图中创建查询"项,打开查询设计器。

② 利用"显示表"对话框将"选课"表和"计算总评成绩查询"添加到查询设计器中。

③ 分别将"学生"表中的"姓名"和"课程号"字段,以及"计算总评成绩查询"中的"总评成绩"字段添加到查询设计网格中。

④ 在"姓名"列的"准则"行输入:

[请输入姓名:]

⑤ 以"按学生名查询"的名称保存查询。

⑥ 执行查询,在弹出的"输入参数值"对话框中输入一个学生的姓名,观察查询结果。

(6) 使用"查找不匹配项查询向导"创建"未选课学生查询"

① 在查询页中,单击"新建"按钮,并在"新建查询"对话框中选择"查找不匹配项查询向导"项,启动该向导。

② 在向导询问"查询结果中包含哪张表或查询中的记录"时,选择"学生"表。

③ 在向导询问"哪张表或查询包含相关记录"时,选择"选课"表。

④ 在向导要求"在每张表上选择匹配字段"时,选择"学号"字段。

⑤ 在向导要求"选择查询结果中的字段"时,选择"学号"、"姓名"、"性别"和"班级"4个字段。

⑥ 以"未选课学生查询"的名称保存查询,观察查询结果。

(7) 创建删除查询"删除未选课学生查询"

① 在查询页中,选择"在设计视图中创建查询"项,打开查询设计器。

② 利用"显示表"对话框将"学生"表添加到查询设计器中。

③ 利用查询设计工具条的"查询类型"下拉按钮,选择"删除查询"项。

④ 将"学号"字段添加到查询设计网格中。

⑤ 在"学号"列的"准则"行输入:

[请输入要删除的学生的学号:]

⑥ 以"删除未选课学生查询"的名称保存查询。

⑦ 执行查询,在被询问"确实要执行这种类型的操作查询吗?"时,单击"是"按钮,在弹出的"输入参数值"对话框中输入一个未选课的学生的学号,并在被询问"确实要删除选定的记录吗?"时,单击"是"按钮。

(8) 创建追加查询"追加准备选课学生查询"

① 创建一个"准备选课学生"表,其中包含"学号"、"姓名"、"性别"和"班级"4个字段。

② 在查询页中,选择"在设计视图中创建查询"项,打开查询设计器。

③ 利用"显示表"对话框将"准备选课学生"表添加到查询设计器中。

④ 分别将"学生"表中的"学号"、"姓名"、"性别"和"班级"4个字段添加到查询设计网格中。

⑤ 利用查询设计工具条的"查询类型"下拉按钮,选择"追加查询"项,弹出"追加"对话框。

⑥ 选择"学生"表作为"追加到"的表,选择"当前数据库"单选项,并单击"确定"按钮,关闭对话框。

⑦ 在"学号"列的"准则"行输入:

[请输入要追加的学生的学号:]

⑧ 以"追加准备选课学生查询"的名称保存查询。

⑨ 执行查询,在被询问"确实要执行这种类型的操作查询吗?"时,单击"是"按钮,在弹出的"输入参数值"对话框中输入学号。并在被询问"确实要追加选定行吗?"时,单击"是"按钮。

至此,指定学号的学生记录便从"准备选课学生"表中追加到"学生"表中。

(9) 创建生成表查询

① 创建一个基于"学生"表的"电子21选课学生"查询,其中包含"学号"、"姓名"、"性别"、"出生年月"、"入学总分"和"班级"6个字段。

② 利用查询设计工具条的"查询类型"下拉按钮,选择"生成表查询"项,弹出"生成表"对话框。

③ 输入"电子21选课学生"作为表名,选择"当前数据库"单选项,并单击"确定"按钮,关闭对话框。

④ 执行该查询,并回答相应的提问,则由生成表查询创建的"电子21选课学生"表便创建完成。

实 **7** 验 窗体设计

1. 实验目的

（1）掌握窗体的各种设计工具的使用方法。
（2）掌握常用控件的使用方法。
（3）掌握各类窗体的创建和编辑方法。

2. 实验准备

（1）理解窗体的功能、分类以及各类窗体的用途。
（2）了解自动窗体的设计方法。
（3）了解窗体向导的使用方法。
（4）了解工具箱上常用控件的使用方法。
（5）理解窗体的属性和事件的概念。
（6）了解窗体设计视图的结构和使用方法。

3. 实验任务

（1）创建自动窗体。
（2）使用向导创建窗体。
（3）创建包含子窗体的组合窗体。
（4）在窗体设计视图中创建和修改窗体。
（5）在窗体上添加附加了事件处理代码的控件。

4. 实验步骤

（1）创建纵栏式自动窗体
① 打开"选修课管理"数据库，切换到窗体页。
② 单击"新建"按钮，弹出"新建窗体"对话框。

③ 在对话框中,选择"自动窗体:纵栏式"项,选择"教师"表作为数据来源,并单击"确定"按钮。

④ 以"教师窗体"的名称保存窗体。

(2) 创建表格式自动窗体

① 在"新建窗体"对话框中,选择"自动窗体:表格式"项,选择"学生"表作为数据来源,并单击"确定"按钮。

② 以"学生窗体"的名称保存窗体。

(3) 使用向导创建基于多表的窗体

① 在"选修课管理"数据库的窗体页,选择"使用向导创建窗体"项,启动窗体向导。

② 分别选择"课程"表的"课程号"、"课程名"和"学分"3 个字段,以及"教师"表的"姓名"和"学院"两个字段。

③ 选择"通过课程"作为查看数据的方式。

④ 选择"纵栏表"为窗体布局。

⑤ 选择"国际"为窗体样式。

⑥ 以"课程窗体"的名称保存窗体。

(4) 创建包含子窗体的组合窗体

① 在"选修课管理"数据库的窗体页,选择"使用向导创建窗体"项,启动窗体向导。

② 分别从 3 个表或查询中选择字段:"选课"表的"学号"、"课程号"、"平时成绩"和"考试成绩"4 个字段;"学生"表的"姓名"和"性别"字段;"课程"表的"课程名"字段。

③ 选择"通过学生"作为查看数据的方式,并选择"带有子窗体的窗体"单选项。

④ 选择"数据表"作为子窗体布局。

⑤ 选择"国际"作为窗体样式。

⑥ 以"学生选课窗体"的名称以及"选课子窗体"的子窗体名称保存窗体。

(5) 在窗体设计视图中创建和修改窗体

① 在"选修课管理"数据库的窗体页,选择"在设计视图中创建窗体"项,打开窗体设计视图。

② 给窗体上添加"窗体页眉/页脚",并隐藏窗体页脚。

③ 给窗体页眉上添加一个标签控件,输入"课程及教师窗体"作为窗体标题。

④ 选定窗体,打开窗体属性窗口,并使用"数据"页的"记录源"行右侧的┅按钮启动"查询生成器"。

⑤ 将"课程"表中的"课程号"、"课程名"、"先修课程名"和"学分"4 个字段,以及"教师"表中的"姓名"和"学院"两个字段拖放到查询设计网格中。

⑥ 用窗体设计工具条上的"字段列表"按钮调出字段列表,逐个将各字段拖放到窗体主体节。

⑦ 用窗体设计工具条上的"自动套用格式"按钮调出"自动套用格式"对话框,选择列表中的"宣纸"作为窗体格式。并将窗体页眉上标签的字体设置为"华文新魏",字体大小设置为 16。

⑧ 以"课程及教师窗体"的名称保存窗体。

（6）创建图表窗体

① 在"选修课管理"数据库的窗体页，单击"新建"按钮，弹出"新建窗体"对话框。

② 选择"图表向导"项，选择"选课"表作为数据来源，并单击"确定"按钮。

③ 选择"学号"、"平时成绩"和"考试成绩"3个字段作为图表中的字段。

④ 选择图表类型为"折线图"。

⑤ 设置图表布局，将"平时成绩"和"考试成绩"字段拖放到"数据"框中，并将"学号"字段拖放到"轴"框中。

⑥ 以"课程及教师窗体"的名称保存窗体。

（7）在窗体上添加定位记录的组合框

① 打开"学生选课窗体"，并切换到设计视图。

② 调出工具箱，给窗体上添加一个组合框控件，将会弹出组合框向导。

③ 选择"在基于组合框中选定的值而创建的窗体上查找记录"单选项。

④ 选择"学号"作为组合框的选定字段。

⑤ 将组合框的标签设置为："请选择学号"，并单击"完成"按钮。

⑥ 切换到窗体视图，在组合框中选择学号，并查看窗体上其他控件的变化。

（8）在窗体上添加命令按钮

① 打开"课程窗体"，并切换到设计视图。

② 调出工具箱，给窗体上添加一个命令按钮控件，将会弹出命令按钮向导。

③ 在类别列表中选择"窗体操作"，在操作列表中选择"打开窗体"。

④ 选择命令按钮打开的窗体为"教师窗体"。

⑤ 选择"打开窗体查找特定记录并显示"单选项。

⑥ 选择"课程窗体"和"教师窗体"中的共有的"姓名"字段作为查阅信息所用匹配数据的字段。

⑦ 确定在按钮上显示文本而不是图片。

⑧ 将按钮命名为"查看教师情况"，并单击"完成"按钮。

⑨ 切换到窗体视图，使用记录选择器选择某个记录，然后单击"查看教师情况"按钮，打开"教师窗体"，并显示相应的教师记录。

实 8 验 VBA 程序设计

1. 实验目的

（1）验证 VBA 编程的基本概念。
（2）学习 VBA 编程的基本方法。

2. 实验准备

（1）理解 VBA 编程的基本概念。
（2）了解 VBA 窗口的使用方法。
（3）了解 VBA 编程的步骤和方法。

3. 实验任务

（1）编写并运行顺序结构程序。
（2）编写并运行选择结构程序。
（3）编写并运行循环结构程序。

4. 实验步骤

（1）编写事件处理过程（计算总评成绩）
① 打开"选修课管理"数据库（也可新建一个空白数据库），切换到窗体页。
② 选择"在设计视图中创建窗体"项，打开窗体设计视图。
③ 在窗体上放 3 个"未绑定"文本框，分别命名为"学生"、"平时"和"考试"，其标签分别为"学生名"、"平时成绩"和"考试成绩"。再放一个命令按钮，命名为"总评成绩"。其标题为"计算总评成绩"。设计的窗体如图 2-8-1 所示。

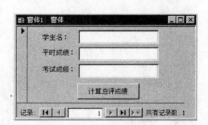

图 2-8-1　设计的窗体

④ 调出"总评成绩"按钮的属性窗口，切换到"事件"页，在"单击"行的下拉列表中选择"事件过程"，并单击┄按钮，打开 VBA 窗口。

⑤ 分别编写"学生"、"平时"和"考试"3 个文本框的"失去焦点"事件处理过程、"总评成绩"按钮的单击事件处理过程，并定义相应变量：

```
Dim x1 As Single, x2 As Single, y As Single, s As String
Private Sub 学生_LostFocus()
    s=学生.Text
End Sub
Private Sub 平时_LostFocus()
    x1=CSng(平时.Text)
End Sub
Private Sub 考试_LostFocus()
    x2=CSng(考试.Text)
End Sub
Private Sub 总评成绩_Click()
    y=x1*0.3+x2*0.7
    MsgBox s+"的总评成绩是："+CStr(y)
End Sub
```

⑥ 以"求总评成绩"的名称保存窗体。

⑦ 切换到"求总评成绩"窗体的窗体视图，分别在 3 个文本框中输入学生名、平时成绩和考试成绩，然后单击"总评成绩"按钮，查看执行结果。

(2) 编写分支程序（计算货款）

① 在数据库窗口的窗体页，选择"在设计视图中创建窗体"项，打开窗体设计视图。

② 在窗体上放一个命令按钮，命名为"计算货款"。

③ 编写命令按钮的单击事件处理过程：

```
Private Sub 命令0_Click()
    Dim 单价 As Single, 数量 As Single, 折扣 As Single, 货款 As Single
    单价=InputBox("请输入商品单价!")
    数量=InputBox("请输入购买的数量!")
    If 数量>100 Then
        折扣=0.9
    ElseIf 数量>200 Then
        折扣=0.85
    ElseIf 数量>300 Then
        折扣=0.8
    ElseIf 数量>400 Then
        折扣=0.75
    ElseIf 数量>500 Then
        折扣=0.7
    Else
        折扣=1
```

```
  End If
  货款=单价 * 数量 * 折扣
  MsgBox "您应付："+CStr(货款)+ "元"
End Sub
```

④ 切换到窗体的窗体视图,单击"计算货款"按钮,按屏幕提示输入"单价"和"数量",观察输出结果。

⑤ 以"计算货款"的名称保存窗体。

(3) 编写循环程序

【提示】 使用迭代函数：$x_{n-1}=\dfrac{1}{2}\left(x_n+\dfrac{a}{x_n}\right)$。

① 在数据库窗口的窗体页,选择"在设计视图中创建窗体"项,打开窗体设计视图。

② 在窗体上放两个命令按钮,分别命名为"求平方根"和"结束"。

③ 编写两个命令按钮的单击事件处理过程：

```
Private Sub 结束_Click()
  End
End Sub
Private Sub 求平方根_Click()
  Dim a As Integer, xn0 As Single, xn1 As Single
  a=InputBox("请输入一个正数", "求平方根")
  xn0=a/2
  xn1=(xn0+a/xn0)/2
  Do
    xn0=xn1
    xn1=(xn0+a/xn0)/2
  Loop While Abs(xn0-xn1)>=0.00001
  MsgBox CStr(a)+"的平方根是:"+CStr(xn1)
End Sub
```

④ 以"求平方根"的名称保存窗体。

⑤ 打开"求平方根"窗体,切换到"窗体视图",单击"求平方根"按钮,按屏幕提示输入一个数字,单击"确定"按钮,查看执行结果。然后单击"结束"按钮,关闭窗体。

(4) 编写多重循环程序(求 5 名学生的平均成绩,并按从小到大的顺序输出)

① 在数据库窗口的窗体页,选择"在设计视图中创建窗体"项,打开窗体设计视图。

② 在窗体上放 3 个命令按钮,分别命名为"总评成绩"、"排序"和"输出"。

③ 编写命令按钮的单击事件处理过程,并定义相应数组和常量：

```
Const N= 5
Dim NameStu(6, 4) As Variant
Private Sub 总评成绩_Click()
  For i=1 To N
    NameStu(i, 1)=InputBox("请输入学生姓名！")
    NameStu(i, 2)=InputBox("请输入平时成绩！")
```

```
        NameStu(i, 3)=InputBox("请输入考试成绩!")
        NameStu(i, 4)=NameStu(i, 2) * 0.3+NameStu(i, 3) * 0.7
    Next i
End Sub
Private Sub 排序_Click()
    For i=1 To N
        For j=1 To N-j
            If NameStu(j, 4)>NameStu(j+1, 4) Then
                temp=NameStu(j, 4)
                NameStu(j, 4)=NameStu(j+1, 4)
                NameStu(j+1, 4)=temp
            End If
        Next j
    Next i
End Sub
Private Sub 输出_Click()
    For i=1 To N
        MsgBox NameStu(i, 1)+"    "+CStr(NameStu(i, 4))
    Next i
End Sub
```

④ 以"求总评成绩并按序输出"的名称保存窗体。

⑤ 打开"求总评成绩并按序输出"窗体,切换到"窗体视图",单击"总评成绩"按钮,按屏幕提示分别输入 5 名学生的姓名、平时成绩和考试成绩,单击"排序"按钮,再单击"输出"按钮,查看执行结果。

(5) 编写生成数据库表程序

仿照主教材中的例 7-16,编写一个生成"旁听生"表的程序,其中包括"姓名"、"性别"和"课程名"3 个字段。

(6) 编写打开、关闭窗体的程序

仿照主教材中的例 7-15,编写一个既能打开,又能关闭"选课"窗体的程序。

1. 实验目的

(1) 进一步学习 VBA 编程的基本方法。

(2) 学习 VBA 数据库操纵程序的设计方法。

2. 实验准备

(1) 复习 VBA 编程的基本概念。

(2) 了解 VBA 程序中连接数据库的方法。

(3) 了解 VBA 程序中操纵数据库的方法。

(4) 了解 VBA 程序中使用 SQL 语句进行数据查询的方法。

3. 实验任务

(1) 编写连接 Access 数据库的 VBA 程序。

(2) 编写具有打开和关闭 Access 数据库对象功能的 VBA 程序。

(3) 编写使用 SQL 语句进行数据查询的 VBA 程序。

4. 实验步骤

(1) 仿照主教材中的例 8-1,在"我的文档"文件夹中创建一个名为"罗斯文"的 Word 文档,其中内容为"Northwind . mdb"数据库简介。

(2) 仿照主教材中的例 8-2,编写一个 VBA 程序,打开 Excel,在"我的文档"文件夹中创建一个名为"MyName"的工作簿,写入自己的姓名和学号,并保存它。

(3) 仿照主教材中的例 8-3,编写一个 VBA 程序,打开"选修课管理"数据库,并打开其中的"选课"表,在其中输入一条记录,然后关闭它。

(4) 仿照主教材中的例 8-4,编写一个 VBA 程序,打开"选修课管理"数据库中的"学生选课窗体",查看其中的内容,然后关闭它。

(5) 仿照主教材中的例 8-4,编写一个 VBA 程序,根据用户键入的学号和课程号,使用 SQL 语句查找并显示相应的考试成绩。

（6）仿照主教材中的例8-7，编写一个VBA程序，执行"客户"和"订单"表的内连接，列举返回集中的行，并把它们在"立即窗口"中显示出来。

（7）调试主教材中的例8-8。

（8）编写一个VBA程序，在"教学管理"数据库中创建"班级"表，按照其他几个表中的数据，向该表中输入几条记录，建立它和"学生"表之间的内连接，使用SQL语句查找并显示某个班学生的选课情况。

实 ⑩ 验　宏的设计与运行

1. 实验目的

(1) 加深对宏的概念的理解。
(2) 掌握各种形式的宏的设计方法。

2. 实验准备

(1) 理解宏的意义、用途、常用宏的功能，以及宏与模块的关系。
(2) 了解常用宏命令的功能和用法。
(3) 了解宏的设计方法。
(4) 理解宏与模块的关系及其转换方法。

3. 实验任务

(1) 创建宏。
(2) 设置宏的执行条件。
(3) 创建宏组。
(4) 将宏附加到窗体或报表上。
(5) 运行宏。

4. 实验步骤

(1) 创建宏
① 打开"选修课管理"数据库，切换到宏页。
② 单击"新建"按钮，打开宏的设计窗口。
③ 在宏设计窗口中选择输入表 2-10-1 所示两条宏命令。
【注】　可使用"Where 条件"网格右侧的⋯按钮调用表达式生成器，构造表达式。
④ 以"查找高分宏"的名称保存宏。

表 2-10-1 "查找高分宏"宏命令表

操　作	参　数	参 数 的 值
OpenQuery	查询名称	计算总评成绩查询
	视图	数据表
	数据模式	编辑
ApplyFilter	筛选名称	
	Where 条件	［计算总评成绩查询］! ［总成绩］＞80

⑤ 双击"查找高分宏"对象执行宏，或在"查找高分宏"的设计视图中，单击宏设计工具条上的"运行"按钮执行宏。

（2）将宏附加到窗体上

① 在"选修课管理"数据库的窗体页，打开"选课成绩图表窗体"，并切换到设计视图。

② 在"选课成绩图表窗体"上添加一个命令按钮，并输入其标题"查找高分学生"。

③ 调出该按钮的属性窗口，切换到"事件"页，并在"单击"下拉列表框中选择"查找高分宏"。

④ 预览窗体，并单击刚添加的命令按钮，查看执行结果。

（3）创建并使用有条件宏

① 设计如表 2-10-2 所示的宏。

② 以"查看教师情况"的名称保存宏。

③ 将宏附加到"课程窗体"的"查看教师情况"按钮上。

④ 打开"课程窗体"窗体，利用记录选择器切换到某一门课程的记录，单击"查看教师情况"按钮，观察显示结果。

⑤ 利用记录选择器切换到"课程窗体"窗体末尾，再单击"查看教师情况"按钮，观察显示结果。

（4）创建并使用宏组

① 在数据库窗口的宏页，将"查看教师情况"宏的名称改为"查看教师与选课情况"。

表 2-10-2 "查找教师情况"宏命令表

选 项	操 作	参 数	参 数 的 值
	Echo	打开回响	否
		状态栏文字	
IsNull（［课程号］）	MsgBox	消息	先选择课程，再单击查看教师情况按钮
		发嘟嘟声	是
		类型	无
		标题	请选择课程
...	GoToControl	控件名称	课程名
...	StopMacro		

选　项	操　作	参　数	参　数　的　值
	OpenForm	窗体名称	教师窗体
		视图	窗体
		筛选名称	
		Where 条件	[姓名]＝[Forms]！[课程窗体]！[姓名]
		数据模式	只读
		窗口模式	普通
	MoveSize	右	8cm
		下	5cm
		宽度	
		高度	

② 打开"查看教师与选课情况"宏的设计视图,将其内容变为如表 2-10-3 所示的宏。

表 2-10-3　"查看教师与选课情况"宏命令表

类　别	选　项	操　作	参　数	参　数　的　值
		Echo	打开回响	否
			状态栏文字	
	IsNull([课程号])	MsgBox	消息	先选择课程,再单击查看教师情况按钮
			发嘟嘟声	是
			类型	无
			标题	请选择课程
	...	GoToControl	控件名称	课程名
	...	StopMacro		
教师情况		OpenForm	窗体名称	教师窗体
			视图	窗体
			筛选名称	
			Where 条件	[姓名]＝[Forms]！[课程窗体]！[姓名]
			数据模式	只读
			窗口模式	普通
		MoveSize	右	8cm
			下	5cm
			宽度	
			高度	

类 别	选 项	操 作	参 数	参 数 的 值
选课情况		Echo	打开回响	否
			状态栏文字	
	IsNull（[课程号]）	MsgBox	消息	先选择课程,再单击查看选课情况按钮
			发嘟嘟声	是
			类型	无
			标题	请选择课程
	…	GoToControl	控件名称	课程名
	…	StopMacro		
		OpenForm	窗体名称	选课窗体
			视图	窗体
			筛选名称	
			Where 条件	[课程号]＝[Forms]![课程窗体]![课程号]
			数据模式	只读
			窗口模式	普通
		MoveSize	右	8cm
			下	5cm
			宽度	
			高度	

③ 将宏组"查看教师与选课情况.教师情况"附加到"课程窗体"的"查看教师情况"按钮上,宏组"查看教师与选课情况.选课情况"附加到"课程窗体"的"查看选课情况"按钮上。

④ 打开"课程窗体"窗体,利用记录选择器切换到某一门课程的记录,单击"查看教师情况"按钮,观察显示结果。再单击"查看选课情况"按钮,观察显示结果。

⑤ 利用记录选择器切换到"课程窗体"窗体末尾,单击"查看教师情况"按钮,观察显示结果。再单击"查看选课情况"按钮,观察显示结果。

（5）将宏转换为模块

① 将"查找高分宏"宏转换为模块,并在 VBA 窗口中查看结果。

② 将"查看教师与选课情况"宏转换为模块,并在 VBA 窗口中查看结果。

实 11 验　创建报表

1. 实验目的

(1) 掌握各种报表设计工具的使用方法。
(2) 掌握各类报表的创建、编辑和使用方法。

2. 实验准备

(1) 理解报表的功能和分类。
(2) 了解自动报表的设计方法。
(3) 了解报表向导的使用方法。
(4) 了解窗体设计视图的结构和使用方法。
(5) 了解报表中计算、汇总等功能的实现方法。

3. 实验任务

(1) 创建自动报表。
(2) 使用向导创建报表。
(3) 在报表设计视图中制作报表。
(4) 给报表中添加计算、汇总等功能。
(5) 用图表和标签向导创建报表。

4. 实验步骤

(1) 创建纵栏式自动报表
① 打开"选修课管理"数据库,切换到报表页。
② 单击"新建"按钮,弹出"新建报表"对话框。
③ 在对话框中,选择"自动报表:纵栏式"项,选择"选课"表作为数据来源,并单击"确定"按钮。

④ 以"选课纵栏报表"的名称保存窗体。

（2）使用向导创建基于多表的报表

① 在"选修课管理"数据库的窗体页，选择"使用向导创建报表"项，启动报表向导。

② 分别选择"课程"表的"课程号"、"课程名"和"学分"3 个字段，以及"选课"表的"学号"、"平时成绩"和"考试成绩"3 个字段。

③ 选择"通过课程"作为查看数据的方式。

④ 选择"课程号"作为更高的分组级别。

⑤ 选择按"考试成绩"降序，相同的再按"平时成绩"的降序排序。

⑥ 选择报表的布局方式为"递阶"、"纵向"。

⑦ 选择报表样式为"紧凑"。

⑧ 以"按课程看成绩报表"的名称保存报表。

（3）将窗体转换为报表

【注】　有些种类的窗体和报表的设计方法很像。Access 系统提供了将窗体转换为报表的方法。

① 在"选修课管理"数据库窗口中，切换到窗体页。

② 右击"选课成绩图表窗体"对象，选择快捷菜单的"另存为"项，弹出"另存为"对话框。

③ 输入"选课成绩图表报表"作为要转换成的报表的名称，选择"保存类型"为"报表"，然后单击"确定"按钮。

至此，"选课成绩图表窗体"便转换为"选课成绩图表报表"。

（4）在报表设计视图中制作报表

① 在"选修课管理"数据库的窗体页，选择"在设计视图中创建报表"项，打开报表设计视图。

② 给页面页眉上添加一个标签控件，输入"按班级查看成绩报表"作为报表标题。

③ 选定报表，打开报表属性窗口，使用"数据"页的"记录源"行右侧的 … 按钮启动"查询生成器"。

④ 将"学生"表中的"学号"、"姓名"和"班级"3 个字段，以及"计算总评成绩查询"查询中的"课程号"和"总评成绩"两个字段添加到查询设计网格中。

⑤ 使用报表设计工具条上的"排序与分组"按钮，打开"排序与分组"对话框，选择按"班级"、"学号"的升序，"总评成绩"的降序来排序。

⑥ 将"班级"设置为组页眉，并在"班级页眉"节添加"班级"字段。

⑦ 将字段列表中的"学号"、"姓名"、"课程号"、"总评成绩"字段拖放到主体节，调整其大小和布局。

⑧ 将自动套用格式设置为"随意"。将窗体页眉上标签的字体设置为"华文新魏"、字体大小设置为 16。

⑨ 以"按班级查看成绩报表"的名称保存报表。

（5）预览报表

① 在 Windows 操作系统环境中，选择"开始"菜单"设置"项的"打印机"子菜单项，打

开"打印机"窗口。

② 查看是否安装了打印机且是否设置了默认打印机。如果未安装,则应使用"添加打印机"图标启动"添加打印机向导",然后安装一种打印机驱动程序。

③ 打开"按课程看成绩报表",查看报表,可使用预览窗口底边的选择器选择不同的报表页。

④ 打开"按课程看成绩报表",查看报表。

(6) 设计汇总报表

① 在"选修课管理"数据库的窗体页,选择"在设计视图中创建报表"项,打开报表设计视图。

② 给页面页眉上添加一个标签控件,输入"按学号查看成绩报表"作为报表标题,并设置字体、字号。

③ 选定报表,打开报表属性窗口,使用"数据"页的"记录源"行右侧的┉按钮启动"查询生成器"。

④ 将"选课"表中的"学号"、"课程号"、"平时成绩"、"考试成绩"4 个字段,以及"学生"表中的"姓名"字段添加到查询设计网格中。

⑤ 使用报表设计工具条上的"排序与分组"按钮,打开"排序与分组"对话框。选择按"学号"分组,即将"学号"设置为组页眉,将"学号"字段拖放到"学号页眉"节。

⑥ 将字段列表中的"姓名"、"课程号"、"平时成绩"和"考试成绩"字段拖放到主体节,调整其大小和布局。然后利用工具箱给报表主体节添加一个非绑定的文本框,在其标签上输入文本"总评成绩:"。

⑦ 打开非绑定文本框的属性窗口,使用其"数据"页的"记录源"行右侧的┉按钮启动"表达式生成器",构造表达式:

[平时成绩] * 0.3+[考试成绩] * 0.7

⑧ 以"按学号查看成绩报表"的名称保存报表,并预览报表。

(7) 创建邮件标签

【注】 邮件标签用于某些特殊用途,如印制名片、信封等。当印制数量较大,且要从数据表中提取数据时,使用邮件标签报表比使用文字处理软件方便。

① 在"选修课管理"数据库的"报表"页中,单击"新建"按钮,弹出"新建报表"对话框。

② 选择"标签向导"项,并选择"教师"表作为数据来源,启动标签向导。

③ 在向导对话框中设置标签大小、标签类型。

④ 在向导对话框中设置文本的字体、颜色等。

⑤ 确定邮件标签的显示内容及其布局。

⑥ 确定用于排序的字段。

⑦ 以"教师标签"的名称保存标签,并预览标签。

⑧ 切换到标签的设计视图,修改标签布局和内容。例如,可以给标签上添加几个"标签"控件,分别显示"电话"、"教师所属学院"等提示信息。

实验 12 创建数据访问页

1. 实验目的

（1）掌握各种数据访问页设计工具的使用方法。

（2）掌握数据访问页的创建、编辑和使用方法。

2. 实验准备

（1）理解数据访问页的功能和分类。

（2）理解 Internet 和网页的基本概念。

（3）了解自动数据访问页的设计方法。

（4）了解数据访问页向导的使用方法。

（5）了解数据访问页设计视图的结构和使用方法。

（6）了解 IE 浏览器的使用方法。

3. 实验任务

（1）创建自动数据访问页。

（2）使用向导创建数据访问页。

（3）在数据访问页设计视图中制作数据访问页。

（4）在 Access 中使用数据访问页。

（5）在 IE 浏览器中使用数据访问页。

4. 实验步骤

（1）创建自动数据访问页

① 打开"选修课管理"数据库，切换到"页"页。

② 单击"新建"按钮，弹出"新建数据访问页"对话框。

③ 在对话框中，选择"自动创建数据页：纵栏式"项，选择"学生"表作为数据来源，并

单击"确定"按钮。

④ 以"选修库-学生页"的名称保存数据访问页。

（2）使用向导创建数据访问页

① 在"选修课管理"数据库的"页"页，选择"使用向导创建数据访问页"项，启动数据页向导。

② 分别选择"课程"表的"课程号"、"课程名"和"学分"3 个字段，以及"教师"表的"姓名"和"电话"两个字段。

③ 选择按"学分"分组。

④ 选择按"课程号"的升序排序。

⑤ 输入"选修库-教师页"作为数据页标题，并单击"完成"按钮。

（3）在数据访问页设计视图中创建数据访问页

① 在"选修课管理"数据库的"页"页，选择"在设计视图中创建数据访问页"项，打开数据访问页设计视图。

② 在"单击此处键入标题文字"处输入数据访问页标题"查看学生成绩页"。

③ 使用数据访问页设计工具条上的"字段列表"按钮，打开"字段列表"对话框。在其"数据库"页中，单击"添加到页"按钮，弹出"版式向导"对话框，选择其中的"单个控件"单选项。

④ 利用"字段列表"对话框将"学生"表中的"学号"、"姓名"、"入学总分"和"班级"4 个字段，以及"选课"表中的"课程号"、"平时成绩"和"考试成绩"3 个字段添加到数据访问页上。

⑤ 以"选修库-学生成绩页"的名称保存数据访问页。

（4）在 Access 中使用数据访问页

【注】　Access 中的数据访问页是窗体对象在 Internet 上的延伸。数据访问页与窗体的设计方法相似，且数据访问页的浏览、发布信息的方法也与在窗体上浏览、发布信息的方法相似。因此，数据访问页可作为一种特殊的窗体在本地机上使用。

在"选修课管理"数据库的"页"页，双击"选修库-教师页"图标，或选定该图标并单击"打开"按钮，即可在"页视图"浏览该数据页。

（5）在 IE 浏览器中使用数据访问页

① 打开数据访问页所在的文件夹，如"我的文档"等。

② 双击数据访问页图标，如"选修库-学生成绩页"等，即可在 IE 浏览器中查看和使用数据访问页。

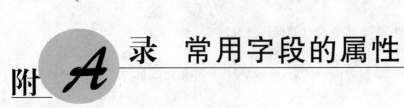

附 A 录 常用字段的属性

属性名	英文名	功 能
字段大小	FieldSize	设置文本型字段允许填充的最多字符数
格式	Format	设置数据的显示或打印方式
输入法模式	IMEMode	指定当光标移到该字段时,输入法窗口是否自动打开
输入掩码	InputMask	指定输入数据时的格式
标题	Caption	指定视图的列名称,默认为字段名
默认值	DefaultValue	自动填充的字段值
有效性规则	ValidationRule	指定用于限制输入数据的条件表达式
有效性文本	ValidationText	指定当数据不符合有效性规则时所显示的文本信息
必填字段	Required	指定该字段是否必须输入数据
索引	Indexed	设置索引字段
小数位数	DecimalPlaces	指定字段中的小数位数
新值	NewValues	指定自动编号字段的值以递增方式还是以随机方式产生
显示控件	DisplayControl	指定字段以文本框、列表框,还是以组合框方式显示
行来源类型	RowSourceType	指定控件数据来源的类型
行来源	RowSource	指定查阅向导字段类型控件的数据
绑定列	BoundColumn	指定设置控件值的列表框或组合框的列
列数	ColumnCount	指定要显示的列数
列标题	ColumnHeads	指定是否用字段名、标题或数据的首行作为列标题或图表标签
列宽	ColumnWidth	指定多列列表框或组合框中的列宽
列表行数	ListRows	指定在组合框中最多允许显示多少行
列表宽度	ListWidth	指定组合框中下拉列表的宽度
限于列表	LimitToList	指定当首字符与所选列之一相符时是否接受文本
排序次序	SortOrder	指定报表中字段和表达式的排序次序
说明	Description	指定表或查询的说明

附 B 录 数据类型

类 型	适应的数据种类	字段大小或格式	取 值 范 围
文本	文本、文本与数字的组合、不必计算的数字		长度小于 FieldSize 属性的值,最多 255 个字符
备注	长文本、文本和数字的组合		最多 65 535 个字符,如果通过 DAO 操作,且只有文本和数字(非二进制),则其大小受数据库大小的限制
数字	用于数学计算的数值数据	字节	$0\sim255$
		整型	$-32\,768\sim32\,767$
		长整型	$-2\,147\,483\,648\sim2\,147\,483\,647$
		单精度型	$-3.402823E38\sim-1.401298E-45$, $1.401298E-45\sim3.402823E38$,7 位小数
		双精度型	$-1.79769313486231E308\sim-4.94065645841247E-324$, $1.79769313486231E308\sim4.94065645841247E-324$, 15 位小数
		同步复制 ID	系统自动设置值,唯一标识一条记录的标识符
		小数	$-10^{-38}-1\sim10^{-38}-1$ (.adp), $-10^{-28}-1\sim10^{-28}-1$ (.mdb),28 位小数
日期/时间	从 100 至 9999 年的日期与时间值	常规日期	例:94/6/19 17:34:23,94/8/2 05:34:00
		长日期	例:1994 年 6 月 19 日
		中日期	例:94-06-19
		短日期	例:94-6-19。00-1-1~99-12-31 为 21 世纪的日期, 0-1-1~99-12-31 为 20 世纪的日期
		长时间	例:17:34:23
		中时间	例:5:34
		短时间	例:17:34

类　型	适应的数据种类	字段大小或格式	取　值　范　围
货币	货币值、用于数学计算的数值数据，这里的数学计算的对象是带有 1～4 位小数的数据。精确到小数点左边 15 位和小数点右边 4 位	常规数字	以输入的方式显示数字
		货币	使用千位分隔符。负数、小数以及货币符号、小数点位置按照 Windows 控制面板中的设置
		欧元	使用货币格式，具有欧元符号
		固定	至少显示一位数字，对于负数、小数以及货币符号、小数点位置按照 Windows 控制面板中的设置
		标准	使用千位分隔符。对于负数、小数以及货币符号、小数点位置按照 Windows 控制面板中的设置
		百分比	乘以 100，加上百分号％。负数、小数以及货币符号、小数点位置按照 Windows 控制面板中的设置
		科学记数法	标准的科学记数法
自动编号	表中添加新记录时，Access 指定的唯一顺序号（自动加 1）或随机数。不能更新	长整型	4B
		同步复制 ID	16B
是/否	只有两种值的数据	是/否	Yes、No
		真/假	True、False
		开/关	On、Off
OLE 对象	Access 表中链接或嵌入的对象，如 Excel 表格、Word 文档、图形、声音等数据		最多为 1GB(受可用磁盘空间限制)
超级链接	文本、文本数字组合，以文本形式存储并用作超级链接地址，子地址为位于文件或页中的地址	最多三部分：显示的文本；地址(到文件或页的路径，即 URL)；屏幕提示(作为工具提示显示的文本)	三部分中的每一部分最多只能包含 2048 个字符
查阅向导	使用列表框或组合框从另一个表或值列表中选择一个值		与用于执行查阅的主键字段大小相同，通常为 4B

附录 常用的统计计算函数

函数	功 能
Avg	计算指定范围内多个记录中指定字段的值的平均值
Count	计算指定范围内的记录数
First	返回指定范围内多个记录中的第一个记录指定字段的值
Last	返回指定范围内多个记录中的最后一个记录指定字段的值
Max	返回指定范围内多个记录中的最大值
Min	返回指定范围内多个记录中的最小值
StDev	计算标准偏差
Sum	计算指定范围内多个记录中指定字段的值的和
Var	计算总体方差

附 D 录 常用的窗体与报表的属性

属 性	功 能
标题	标题栏中显示的内容,默认为窗体或报表的名称
默认视图	窗体刚打开时的视图类型
允许的视图	用户可切换的视图
滚动条	窗体是否显示滚动条和显示什么样的滚动条
记录选定器	窗体是否显示记录选定器
定位按钮	窗体是否显示定位按钮
分隔线	窗体的节之间是否显示分隔线
自动调整	为了能显示一个记录的全部字段,是否可以调整窗体的大小
自动居中	窗体是否在显示器中心
边框宽度	控件边框的宽度
边框样式	控件边框样式
控制框	窗体左上角是否显示控制菜单(有还原、最大化等按钮)
最大化最小化按钮	窗体上是否显示最大化和最小化按钮
关闭按钮	窗体上是否显示关闭按钮
问号按钮	窗体上是否显示问号按钮
宽度	窗体的宽度
图片	窗体背景图片的路径及名称
图片类型	背景图片是链接还是嵌入
图片缩放模式	指定窗体或报表中的图片调整大小的方式
图片对齐方式	指定背景图片在图像控件、窗体或报表中显示的位置
图片平铺	指定背景图片在整个图像控件、窗口或报表页面中平铺
网格线 X 坐标	网格中每一单位量度的水平分隔数
网格线 Y 坐标	网格中每一单位量度的垂直分隔数

属　性	功　能
打印版式	是否使用打印机字体
调色板来源	调色板图形的路径或文件名称
强制分页	指定窗体节或报表节是否打印在新的一页中
新行或新列	指定一节及其相关数据是否在多列报表或窗体的新行或新列中打印
保持同页	是否使用节都包含在同一页上
可见性	对象是否可见
何时显示	指定将要在屏幕上显示的窗体中的节或控件
可以扩大	节或控件是否可垂直地增大,以打印或预览所有数据
可以缩小	节或控件是否可垂直地缩小,以打印或预览所有数据而不留空
高度	控件的高度
背景颜色	控件或节的颜色
前景颜色	文本在控件中的颜色,或文本打印的颜色
特殊效果	控件或节的外观效果
超级链接地址	指定命令按钮、图像控件或标签控件的链接路径
超级链接子地址	指定超级链接地址所指定的目标文档中的位置
左边距	控件左端相对于窗体或报表的位置
上边距	控件上部相对于窗体或报表的位置
背景样式	控件的背景样式
字体名称	文本的字体
字体大小	文本的大小
字体的粗细	文本的线条宽度
斜体	文本是否倾斜
下划线	文本是否有下划线
文本对齐	控件内文本的对齐方式
小数位数	控件内小数的位数
列数	组合框中下拉列表的列数
列标题	是否用字段名称、标题或数据的首行列标题或图表的标签
列宽	多列列表框或组合框中下拉列表的列宽
列表行数	组合框下拉列表的最多行数
列表宽度	组合框下拉列表的最大宽度
记录来源	窗体或报表所基于的表、查询或 SQL 语句

属　性	功　能
控件来源	作为控件数据来源的字段名或表达式
行来源	控件数据的来源
行来源类型	作为控件数据来源的类型
绑定型列	设置控件值的列表框或组合框的列
自动展开	当首字符与所选列之一相同时，是否展开文本
筛选	窗体或报表自动加载的筛选
排序依据	窗体或报表自动加载的排序依据
允许筛选	是否允许记录筛选
允许编辑	是否允许在窗体上修改记录
允许删除	是否允许在窗体上删除记录
允许添加	是否允许在窗体上添加记录
数据入口	是否只允许添加新记录
记录集类型	确定哪些表可以编辑
记录锁定	是否及如何锁定基础表或查询中的记录
默认值	无输入值时自动赋予的值
成为当前	在焦点从一个记录移到另一个记录时所要执行的宏或函数
插入前	在键入了新记录的第一个字符时所要执行的宏或函数
插入后	在键入了新记录后所要执行的宏或函数
更新前	在更新字段或记录之前所要执行的宏或函数
更新后	在更新字段或记录后所要执行的宏或函数
删除	在删除记录时所要执行的宏或函数
确认删除前	在确认删除前所要执行的宏或函数
确认删除后	在确认删除后所要执行的宏或函数
打开	在窗体或报表打开时所要执行的宏或函数
进入	控件第一次获得焦点时所要执行的宏或函数
退出	控件在同一个窗体上失去焦点时所要执行的宏或函数
加载	窗体或报表加载时所要执行的宏或函数
调整大小	窗体或报表调整大小时所要执行的宏或函数
卸载	窗体或报表卸载时所要执行的宏或函数
关闭	窗体或报表关闭时所要执行的宏或函数
激活	窗体或报表激活时所要执行的宏或函数

属　性	功　能
停用	窗体或报表停用时所要执行的宏或函数
获得焦点	窗体或控件获得焦点时所要执行的宏或函数
失去焦点	窗体或控件失去焦点时所要执行的宏或函数
单击	单击控件时所要执行的宏或函数
双击	双击控件时所要执行的宏或函数
鼠标按下	鼠标按下时所要执行的宏或函数
鼠标移动	鼠标移动时所要执行的宏或函数
鼠标释放	鼠标释放时所要执行的宏或函数
键按下	键按下时所要执行的宏或函数
键释放	键释放时所要执行的宏或函数
击键	键按下或释放时所要执行的宏或函数
键预览	是否在控件的键盘事件发生前调用窗体的键盘事件
出错	窗体或报表发生运行错误时所要执行的宏或函数
筛选	编辑筛选时所要执行的宏或函数
应用筛选	应用或移去筛选时所要执行的宏或函数
计时器触发	计时器时间间隔为 0 时所要执行的宏或函数
计时器间隔	以毫秒为单位来指定计时器时间间隔
格式化	在节格式化前所要执行的宏或函数
弹出方式	窗体是否为弹出式窗口，自动出现在其他窗体之前
独占方式	窗体是否保留焦点，直到关闭
循环	Tab 键应如何循环
菜单栏	自定义菜单栏或菜单栏宏的名称
工具栏	窗体打开时显示的工具条
快捷菜单	允许在浏览模式中使用鼠标键菜单
快捷菜单栏	自定义快捷菜单和菜单宏的名称
快速激光打印	是否使用激光打印机的规则来打印
帮助文件	窗体自定义帮助文件名称
帮助上下文 ID	自定义帮助文件中主题的标识号
标记	控件保存的额外数据
内含模块	确定窗体或报表是否包含类模块
垂直放置	指定垂直方向显示、编辑窗体中的控件，或水平方向显示、打印报表中的控件

属　　性	功　　能
控件提示文本	提示信息
输入法模式	鼠标进入控件时是否打开输入法
状态栏文本	控件被选定时状态栏中显示的内容
Enter 键行为	在一控件接受同一窗体上另一控件之前即按 Enter 键后所发生的事件
允许自动更正	是否自动更正控件中输入的文字
自动 Tab 键	输入最后一个掩码允许的字符后,是否自动跳到下一个控件
Tab 键索引	通过生成器可以定义 Tab 键的次序
记录锁定	是否及如何锁定基础表或查询的记录
日期分组	指定如何在报表中分组日期字段

附 录 E 常用的宏操作命令

命　令	功　能
AddMenu	自定义菜单栏,可替换窗体或报表的内置菜单栏
ApplyFilter	从表中检索浏览记录
Beep	扬声器发声
CancelEvent	停止激活的事件
Close	关闭一个窗体及所包含的对象,未指定窗体时,关闭当前窗体
CopyObject	把一个数据库中的对象复制另一个数据库中,或快速创建一个相似对象
DeleteObject	删除一个特定的数据库对象
DoMenuItem	执行一个菜单命令
Echo	决定运行宏时是否更新屏幕
FindRecord	在表中寻找一个符合条件的记录
FindNext	以 FindRecord 中的准则寻找下一个记录
GotoControl	光标移到指定的表格或报表中的控件位置
GotoPage	光标移到指定页面第一个控件的位置
GotoRecord	确定打开的表、窗体或查询中的当前记录
HourGlass	在鼠标指针处显示沙漏图标
Maximize	当前窗体最大化
Minimize	当前窗体缩小为图标
MoveSize	移动当前窗体或重定义其大小
MsgBox	显示消息框
OpenDataAccessPage	打开一个数据库访问页
OpenDiagram	打开一个数据库图表
OpenForm	打开一个窗体
OpenModule	打开一个模块
OpenQuery	打开一个查询

命　　令	功　　能
OpenReport	打开一个报表
OpenStoredProcedure	打开一个存储过程
OpenTable	打开一个表
OpenView	打开一个视图
OutputTo	将 Access 数据库对象（表、查询、窗体等）中的数据输入到 Excel 文档、MS-DOS 文件中
Print	打印当前的数据图表、窗体或报表
PrintOut	打印打开数据库中的当前对象
Quit	退出 Access
Rename	给选定的数据库对象重新命名
RepaintObject	刷新一个窗体的内容，未指定数据库对象时，更新当前对象
Requery	从表或指定对象中获得最新信息，如果不指定控件，则对对象本身的数据源重新查询
RestoryRestore	窗体恢复原来大小
RunApp	在 Access 中运行一个 Windows 或 MS-DOS 应用程序
RunCode	运行 VBA 函数
RunCommand	运行 Access 的内置命令
RunMacro	调用另一个宏
RunSQL	使用 SQL 语句运行操作查询和数据定义查询
Save	保存一个 Access 对象，未指定对象时，保存当前活动对象
SelectObject	光标移到指定对象上
SendKeys	输入一个击键动作
SendObject	将指定的 Access 对象包含在电子邮件消息中，以便查看和发送
SetMenuItem	设置活动窗体的自定义菜单栏，或全局菜单栏上菜单项的状态
SetValue	设置窗体或报表中一个控件特性的值
SetWormings	打开或关闭 Access 的系统消息
ShowAllRecord	取消基本表或查询中所有的筛选
ShowToolbar	显示或隐藏内置工具条或自定义工具条
StopAllMacro	中断所有运行的宏
StopMacro	中断当前运行的宏
TransferDatabase	与其他数据库之间导入与导出数据
TransferSpreadheet	与电子表格文件之间导入与导出数据
TransferTest	与文本文件之间导入与导出文本

读者意见反馈

亲爱的读者：

  感谢您一直以来对清华版计算机教材的支持和爱护。为了今后为您提供更优秀的教材，请您抽出宝贵的时间来填写下面的意见反馈表，以便我们更好地对本教材做进一步改进。同时如果您在使用本教材的过程中遇到了什么问题，或者有什么好的建议，也请您来信告诉我们。

  地址：北京市海淀区双清路学研大厦 A 座 602 计算机与信息分社营销室 收

  邮编：100084   电子邮件：jsjjc@tup.tsinghua.edu.cn

  电话：010-62770175-4608/4409   邮购电话：010-62786544

教材名称：数据库原理及应用（Access）题解与实验指导（第 2 版）

ISBN：978-7-302-18987-9

个人资料

姓名：＿＿＿＿＿＿＿＿＿＿ 年龄：＿＿＿＿＿ 所在院校/专业：＿＿＿＿＿＿＿＿＿＿

文化程度：＿＿＿＿＿＿ 通信地址：＿＿＿＿＿＿＿＿＿＿＿＿＿＿＿

联系电话：＿＿＿＿＿＿ 电子信箱：＿＿＿＿＿＿＿＿＿＿＿＿＿＿＿

您使用本书是作为： □指定教材 □选用教材 □辅导教材 □自学教材

您对本书封面设计的满意度：

□很满意 □满意 □一般 □不满意 改进建议＿＿＿＿＿＿＿＿＿＿＿＿＿

您对本书印刷质量的满意度：

□很满意 □满意 □一般 □不满意 改进建议＿＿＿＿＿＿＿＿＿＿＿＿＿

您对本书的总体满意度：

从语言质量角度看 □很满意 □满意 □一般 □不满意

从科技含量角度看 □很满意 □满意 □一般 □不满意

本书最令您满意的是：

□指导明确 □内容充实 □讲解详尽 □实例丰富

您认为本书在哪些地方应进行修改？（可附页）

＿＿＿＿＿＿＿＿＿＿＿＿＿＿＿＿＿＿＿＿＿＿＿＿＿＿＿＿＿＿＿＿＿＿＿＿＿

＿＿＿＿＿＿＿＿＿＿＿＿＿＿＿＿＿＿＿＿＿＿＿＿＿＿＿＿＿＿＿＿＿＿＿＿＿

您希望本书在哪些方面进行改进？（可附页）

＿＿＿＿＿＿＿＿＿＿＿＿＿＿＿＿＿＿＿＿＿＿＿＿＿＿＿＿＿＿＿＿＿＿＿＿＿

＿＿＿＿＿＿＿＿＿＿＿＿＿＿＿＿＿＿＿＿＿＿＿＿＿＿＿＿＿＿＿＿＿＿＿＿＿

高等学校计算机基础教育教材精选

书　名	书　号
Access 数据库基础教程　赵乃真	ISBN 978-7-302-12950-9
AutoCAD 2002 实用教程　唐嘉平	ISBN 978-7-302-05562-4
AutoCAD 2006 实用教程(第 2 版)　唐嘉平	ISBN 978-7-302-13603-3
AutoCAD 2007 中文版机械制图实例教程　蒋晓	ISBN 978-7-302-14965-1
AutoCAD 计算机绘图教程　李苏红	ISBN 978-7-302-10247-2
C++ 及 Windows 可视化程序设计　刘振安	ISBN 978-7-302-06786-3
C++ 及 Windows 可视化程序设计题解与实验指导　刘振安	ISBN 978-7-302-09409-8
C++ 语言基础教程(第 2 版)　吕凤翥	ISBN 978-7-302-13015-4
C++ 语言基础教程题解与上机指导(第 2 版)　吕凤翥	ISBN 978-7-302-15200-2
C++ 语言简明教程　吕凤翥	ISBN 978-7-302-15553-9
CATIA 实用教程　李学志	ISBN 978-7-302-07891-3
C 程序设计教程(第 2 版)　崔武子	ISBN 978-7-302-14955-2
C 程序设计辅导与实训　崔武子	ISBN 978-7-302-07674-2
C 程序设计试题精选　崔武子	ISBN 978-7-302-10760-6
C 语言程序设计　牛志成	ISBN 978-7-302-16562-0
PowerBuilder 数据库应用系统开发教程　崔巍	ISBN 978-7-302-10501-5
Pro/ENGINEER 基础建模与运动仿真教程　孙进平	ISBN 978-7-302-16145-5
SAS 编程技术教程　朱世武	ISBN 978-7-302-15949-0
SQL Server 2000 实用教程　范立南	ISBN 978-7-302-07937-8
Visual Basic 6.0 程序设计实用教程(第 2 版)　罗朝盛	ISBN 978-7-302-16153-0
Visual Basic 程序设计实验指导与习题　罗朝盛	ISBN 978-7-302-07796-1
Visual Basic 程序设计教程　刘天惠	ISBN 978-7-302-12435-1
Visual Basic 程序设计应用教程　王瑾德	ISBN 978-7-302-15602-4
Visual Basic 试题解析与实验指导　王瑾德	ISBN 978-7-302-15520-1
Visual Basic 数据库应用开发教程　徐安东	ISBN 978-7-302-13479-4
Visual C++ 6.0 实用教程(第 2 版)　杨永国	ISBN 978-7-302-15487-7
Visual FoxPro 程序设计　罗淑英	ISBN 978-7-302-13548-7
Visual FoxPro 数据库及面向对象程序设计基础　宋长龙	ISBN 978-7-302-15763-2
Visual LISP 程序设计(AutoCAD 2006)　李学志	ISBN 978-7-302-11924-1
Web 数据库技术　铁军	ISBN 978-7-302-08260-6
程序设计教程(Delphi)　姚普选	ISBN 978-7-302-08028-2
程序设计教程(Visual C++)　姚普选	ISBN 978-7-302-11134-4
大学计算机(应用基础·Windows 2000 环境)　卢湘鸿	ISBN 978-7-302-10187-1
大学计算机基础　高敬阳	ISBN 978-7-302-11566-3
大学计算机基础实验指导　高敬阳	ISBN 978-7-302-11545-8
大学计算机基础　秦光洁	ISBN 978-7-302-15730-4
大学计算机基础实验指导与习题集　秦光洁	ISBN 978-7-302-16072-4
大学计算机基础　牛志成	ISBN 978-7-302-15485-3
大学计算机基础　訾秀玲	ISBN 978-7-302-13134-2
大学计算机基础习题与实验指导　訾秀玲	ISBN 978-7-302-14957-6
大学计算机基础教程(第 2 版)　张莉	ISBN 978-7-302-15953-7
大学计算机基础实验教程(第 2 版)　张莉	ISBN 978-7-302-16133-2
大学计算机基础实践教程(第 2 版)　王行恒	ISBN 978-7-302-18320-4
大学计算机技术应用　陈志云	ISBN 978-7-302-15641-3

大学计算机软件应用　王行恒　　　　　　　　　　　　　ISBN 978-7-302-14802-9
大学计算机应用基础　高光来　　　　　　　　　　　　　ISBN 978-7-302-13774-0
大学计算机应用基础上机指导与习题集　郝莉　　　　　　ISBN 978-7-302-15495-2
大学计算机应用基础　王志强　　　　　　　　　　　　　ISBN 978-7-302-11790-2
大学计算机应用基础题解与实验指导　王志强　　　　　　ISBN 978-7-302-11833-6
大学计算机应用基础教程　詹国华　　　　　　　　　　　ISBN 978-7-302-11483-3
大学计算机应用基础实验教程(修订版)　詹国华　　　　　ISBN 978-7-302-16070-0
大学计算机应用教程　韩文峰　　　　　　　　　　　　　ISBN 978-7-302-11805-3
大学信息技术(Linux 操作系统及其应用)　衷克定　　　　ISBN 978-7-302-10558-9
电子商务网站建设教程(第二版)　赵祖荫　　　　　　　　ISBN 978-7-302-16370-1
电子商务网站建设实验指导　赵祖荫　　　　　　　　　　ISBN 978-7-302-07941-5
多媒体技术及应用　王志强　　　　　　　　　　　　　　ISBN 978-7-302-08183-8
多媒体技术及应用　付先平　　　　　　　　　　　　　　ISBN 978-7-302-14831-9
多媒体应用与开发基础　史济民　　　　　　　　　　　　ISBN 978-7-302-07018-4
基于 Linux 环境的计算机基础教程　吴华洋　　　　　　　ISBN 978-7-302-13547-0
基于开放平台的网页设计与编程(第2版)　程向前　　　　ISBN 978-7-302-18377-8
计算机辅助工程制图　孙力红　　　　　　　　　　　　　ISBN 978-7-302-11236-5
计算机辅助设计与绘图(AutoCAD 2007 中文版)(第2版)　李学志　ISBN 978-7-302-15951-3
计算机软件技术及应用基础　冯萍　　　　　　　　　　　ISBN 978-7-302-07905-7
计算机图形图像处理技术与应用　何薇　　　　　　　　　ISBN 978-7-302-15676-5
计算机网络公共基础　史济民　　　　　　　　　　　　　ISBN 978-7-302-05358-3
计算机网络基础(第2版)　杨云江　　　　　　　　　　　ISBN 978-7-302-16107-3
计算机网络技术与设备　满文庆　　　　　　　　　　　　ISBN 978-7-302-08351-1
计算机文化基础教程(第2版)　冯博琴　　　　　　　　　ISBN 978-7-302-10024-9
计算机文化基础教程实验指导与习题解答　冯博琴　　　　ISBN 978-7-302-09637-5
计算机信息技术基础教程　杨平　　　　　　　　　　　　ISBN 978-7-302-07108-2
计算机应用基础　林冬梅　　　　　　　　　　　　　　　ISBN 978-7-302-12282-1
计算机应用基础实验指导与题集　冉清　　　　　　　　　ISBN 978-7-302-12930-1
计算机应用基础题解与模拟试卷　徐士良　　　　　　　　ISBN 978-7-302-14191-4
计算机应用基础教程　姜继忱　　　　　　　　　　　　　ISBN 978-7-302-18421-8
计算机硬件技术基础　李继灿　　　　　　　　　　　　　ISBN 978-7-302-14491-5
软件技术与程序设计(Visual FoxPro 版)　刘玉萍　　　　　ISBN 978-7-302-13317-9
数据库应用程序设计基础教程(Visual FoxPro)　周山芙　　ISBN 978-7-302-09052-6
数据库应用程序设计基础教程(Visual FoxPro)题解与实验指导　黄京莲　ISBN 978-7-302-11710-0
数据库原理及应用(Access)(第2版)　姚普选　　　　　　ISBN 978-7-302-13131-1
数据库原理及应用(Access)题解与实验指导(第2版)　姚普选　ISBN 978-7-302-18987-9
数值方法与计算机实现　徐士良　　　　　　　　　　　　ISBN 978-7-302-11604-2
网络基础及 Internet 实用技术　姚永翘　　　　　　　　　ISBN 978-7-302-06488-6
网络基础与 Internet 应用　姚永翘　　　　　　　　　　　ISBN 978-7-302-13601-9
网络数据库技术与应用　何薇　　　　　　　　　　　　　ISBN 978-7-302-11759-9
网页设计创意与编程　魏善沛　　　　　　　　　　　　　ISBN 978-7-302-12415-3
网页设计创意与编程实验指导　魏善沛　　　　　　　　　ISBN 978-7-302-14711-4
网页设计与制作技术教程(第2版)　王传华　　　　　　　ISBN 978-7-302-15254-8
网页设计与制作教程　杨选辉　　　　　　　　　　　　　ISBN 978-7-302-10686-9
网页设计与制作实验指导　杨选辉　　　　　　　　　　　ISBN 978-7-302-10687-6
微型计算机原理与接口技术(第2版)　冯博琴　　　　　　ISBN 978-7-302-15213-2
微型计算机原理与接口技术题解及实验指导(第2版)　吴宁　ISBN 978-7-302-16016-8
现代微型计算机原理与接口技术教程　杨文显　　　　　　ISBN 978-7-302-12761-1
新编 16/32 位微型计算机原理及应用教学指导与习题详解　李继灿　ISBN 978-7-302-13396-4